주진주 장편소설

스물다섯 살

Magic House
마 법 의 책 공 장

스물다섯 살

초판 1쇄 인쇄 2019년 1월 18일
초판 1쇄 발행 2019년 1월 25일

지 은 이   주진주
디 자 인   김민성
펴 낸 이   백승대
펴 낸 곳   매직하우스

출판등록   2007년 9월 27일 제313-2007-000193
주   소   서울시 마포구 월드컵북로38가길 14, 201호(중동, 효성빌라)
전   화   02) 323-8921
팩   스   02) 323-8920
이 메 일   magicsina@naver.com
I S B N   978-89-93342-84-0

주진주 장편소설

스물다섯 살

오아시스 신기루

Magic House

마 법 의 책 공 장

목차

제1장
을(乙)로서의 시작

0. Don't give up ………… 11

1. 좀비 ………… 12

2. 무감(無感) ………… 13

3. 절망 ………… 16

4. 보일러 ………… 22

5. 오줌발 ………… 25

6. 다크서클 ………… 29

7. 현실과 계획 사이 ………… 32

8. 열정 페이 ………… 35

9. 전쟁터 ………… 37

10. 만만한 인생 ………… 40

11. 상경 ………… 44

12. 이력서 ………… 47

13. 구직 ………… 50

14. 인턴 ………… 52

15. 보조 출연 ………… 58

16. 여의도 ………… 66

17. 첫 직장 ………… 69

18. 욕망 ………… 76

19. 나만의 공간 ………… 77

제2장
희망고문

20. 고양이 ………… 83

21. 고시원 ………… 87

22. 온수 ………… 97

23. 어두운 터널 ………… 99

24. 작가의 꿈 ………… 102

25. 성공에 대한 믿음 ………… 108

26. 나는 흙수저 ………… 113

27. 부산 전포동 ………… 116

28. 사료와 연어 ………… 120

29. 장기 기증과 헌혈 ………… 124

30. 행복감 ………… 133

31. 세 친구 ………… 138

32. 평범한 이야기 ………… 140

제3장
간절함

33. 명확한 방향성 ·········· 155

34. 역사 의식 ·········· 158

35. 마포대교 ·········· 163

36. 마이너스 인생 ·········· 167

37. 생활비 ·········· 172

38. 방청 아르바이트 ·········· 174

39. 꿈 속의 여자 ·········· 181

40. 고양이와 대화 ·········· 183

41. 원고 ·········· 202

제4장
신기루

42. 고양이 집 ·········· 211

43. 동물병원으로 ··········· 214

44. 가족 ·········· 218

45. 팔자 ·········· 220

46. 생명력 ·········· 223

47. 살 기회 ·········· 226

48. 특목고 교환학생 ·········· 228

49. 파보 바이러스 ·········· 231

50. 죽음 ·········· 236

51. 오아시스 신기루 ·········· 240

52. 술 ·········· 242

53. 성경 ·········· 245

54. 통화 ·········· 247

55. 기도 ·········· 252

56. 전화 ·········· 254

57. 추억들 ·········· 256

58. 재회 ·········· 258

59. 성장 ·········· 261

작가의 말
버텼던 시간들에 대하여 ·········· 263

제1장

을(乙)로서의 시작

인생의 방향성을 결정하는 선택은 한 순간에 일어난다. 내가 서
울로 올라오기로 결정하기까지 걸린 시간은 하루도 채 안 되었
던 것처럼 말이다.

0. Don`t give up

　우리는 인생을 살아가는 동안 수많은 선택지들이 주어진다고 착각하며 살아간다. 하지만 주어진 선택지들을 파고 들어가 보면 결국 물어보는 것은 단 한가지이다. 지금 가고 있는 길을 계속 갈 것인지, 아니면 이쯤에서 포기할 것인지. 사람들은 나를 위해서도, 내가 사랑하는 사람들을 위해서도 더 이상 꿈을 좇으며 시간 낭비하지 말라고, 포기하라고 말한다. 그들이 요구하는 삶을 젊었을 때부터 시작하는 것만이 옳은 선택이라고 강요하지만, 마음 속 작은 소녀는 절대 포기하지 말고, 끝까지 해야만 한다고 외친다. 그리고 매일 힘겨운 결정을 내린다.

1. 좀비

느끼지 못하는 동안, 나는 조금씩 좀비가 되어 가고 있었다. 몸은 살아 움직이고 있었지만, 영혼은 죽어버린 채, 주어진 하루를 마지못해 살아가고 있었다. 일상이라는 따뜻한 단어에 가려 빛을 잃어버린 시간들은 하루가 채 지나지 않아 사라져 버렸다. 눈을 깜빡거리면 기억조차 나지 않을 시간이었다. 일어나고, 출근하고, 일하고, 퇴근하고, 잠을 자는 하루, 그 속에 나는 없었다. 오롯이 나만을 위한 시간은 찾을 수 없었다. 끊임없이 사람들이 세뇌시킨 금전적으로 안정된 삶만이 우리가 추구하는 행복을 가져다 줄 것이라는 믿음은 마지막 남은 영혼의 한 조각마저 갉아먹고 있었다. 일상 속에서 나는 더 이상 없었고, 다른 사람들이 원하는 나를 위하여 주어지는 나날을 살아냈다. 다달이 통장에 찍히는 얇은 월급으로 안도하며, 기계처럼 움직이고 있었다. 약속되지 않은 어느 가까운 미래, 언젠간 찾아올 수도 있는 막연한 행복을 위하여 나는 그렇게 나에게 주어진 하루를 포기했다.

2. 무감(無感)

　일을 마치고 집으로 돌아오는 길, 하루 종일 아이들에게 치이고, 어른들에게 시달리며 피곤에 찌든 몸을 서둘렀다. 손톱만큼 남아있는 에너지를 있는 힘껏 짜내며 집으로 발걸음을 옮겼다. 걷는 것 외에는 아무 것도 할 수 없었다. 생각할 힘조차 없었다. 초점을 잃어버린, 흐리멍덩해진 눈으로 스마트폰만 쳐다보며, 다리를 앞뒤로 부산스럽게 움직였다. 걸을 때마다 느껴지는 차가운 공기는 겨울이 한 걸음 더 가까이 다가왔음을 알려주었다. 그러고 보니, 날씨가 추워졌다. 확실히 꽤 추워졌다. 예전에 한 강연자가 이런 말을 하였다. 나이가 들어, 세상 풍파에 감성을 잃어버리게 되면 날씨를 오직 춥다, 덥다, 두 가지로만 구분한다. 생각해보니 이번 가을에는 단풍이 지고 낙엽이 떨어지는 모습을 알아채지 못하였다. 세상이 알록달록해지며 계절의 변화를 알려주었지만, 나는 눈치 채지 못하였다. 분명 학교 다닐 때까지만 해도, 그 누구보다 예민하게 계절이 바뀌는 것을 알아챘는데, 지금은 언제 옷을 바꿔 입어야 하는지도 모르고 지내고 있다. 단풍나무가 조금이라도 얼굴색을 바꾸면, 가슴이 벌렁거려

책을 들고 밖으로 쏘다녀야만 했는데, 올해는 집과 학원만을 오가며 시간을 흘려보냈다. 나도 나이가 들어가는 걸까? 언제 이렇게 겨울이 가까이 왔는지 느끼지도 못한 채, 겨울을 맞이하고 있었다. 곧 닥쳐올 추위를 버텨낼 준비도 제대로 못한 채, 오직 맨 몸으로 버티고 서 있었다.

일을 마치고 집으로 오는 길에서는 시선을 다른 곳으로 절대 돌리지 않았다. 최면이라도 걸린 사람처럼 두 눈을 오직 스마트폰이 보여주는 기사와 댓글에만 고정한 채, 최대한 빠르게 걸었다. 잡다한 생각이 떠오르지 않도록, 쉴 새 없이 스마트폰 위에서 두 눈을 굴렸다. 별 시답잖은 이야기지만, 인생에 대한 질문으로부터 피할 수만 있다면 괜찮았다. 추위를 피하여 빨리 집으로 가야 한다는 생각만 있으면 충분했다. 그 이상은 필요 없었다. 만약 생각을 억지로라도 비우지 않는다면, 목적지를 잃어버린 마음은 어둠 속에서 우왕좌왕거릴 뿐이었다. 순식간에 차오르는 현실에 대한 부정적인 시선들은 나를 밤거리로 내몰며, 정처 없이 나돌아 다니게 만들 뿐이었다. 해결되지 않을 문제들을 부둥켜안고 마음만 조리게 만들 뿐이었다.

그래도 빨리 걸으면 나름 삶을 열심히, 그리고 바쁘게 살아가고 있다는 착각이 들어 기분이 좋아졌다. 5분 정도 걸어, 현관문 앞에 섰다. 살짝 차오른 숨을 가볍게 몰아쉬었다.

오늘도 수고가 많았어.

주위를 한 번 둘러보며, 하루 종일 고생한 나에게 위로 한 마디 던졌다. 밤 10시가 다 되어가는 골목은 비어있었다. 아무도 없었고, 조용하였다. 재빨리 비밀번호를 눌러, 문을 열었다. 손잡이를 잡은 채, 주위를 다시 한 번 더 둘러보고, 방으로 뛰어 들어갔다.

세이프.

3. 절망

따뜻했다. 불을 켜니, 밝아졌다. 차가운 야생에서 홀로 살아남기 위하여 죽을 둥, 살 둥 싸우다 돌아온 나를 포근히 감싸 안아 주었다. 아무에게도 허락되지 않은 오직 나만을 위한 공간이었다. 하루 종일 흘린 땀으로 꿉꿉해진 신발을 벗으니, 옥죄던 올가미로부터 풀려나는 해방감이 느껴졌다. 어깨 위에서 짓누르던 가방을 방바닥에 내팽개쳤다. 가방과 함께 마음을 무겁게 만들던 문제들이 떨어져 나가는 듯하였다. 코트를 벗어 의자에 걸었다. 주어진 책임과 시간을 제대로 버텨내기 위하여 하루 종일 신경을 곤두세우는 바람에, 몸과 마음이 뻣뻣해져 있었다. 업무에서 오는 스트레스를 모두 털어내는 상상을 하며, 팔을 쭉 뻗어 좌우로 기지개를 크게 켰다. 따뜻한 온도에 몸은 금방 나른해졌다. 아무것도 하고 싶지 않아졌다. 세수를 하고, 옷을 갈아입는 일마저 귀찮게 느껴졌다. 그냥 침대에 누워 숨만 쉬고 싶었다. 아니, 잠을 자고 싶었다. 하지만 꿈은 꾸었으면 좋겠다. 기분이 매우 좋아지는 꿈, 현실에서 일어날 수 없는 환상들만이 가득한 꿈.

여유로운 주말, 백화점 식품 코너는 사람들로 분주했다. 다들 가족이나 친구와 함께 맛있는 음식을 즐기며 행복한 시간을 나누고 있었다. 나 역시도, 그 속에 있었다. 하지만 그들과는 전혀 다른 상황이었다. 혼자 덩그러니 서서, 발을 동동 구르며 불안한 눈빛으로 주변을 두리번거리고 있었다. 누군가가 쫓아오고 있었다. 언뜻 보기에 지극히 평범한 40대 중후반 아줌마였다. 그녀는 후덕해 보이는 인상과 달리, 섬뜩한 눈빛을 가졌다. 흰머리가 희끗희끗 보이며, 짧은 머리에 유달리 곱슬곱슬한 아줌마 파마를 한 그녀는 크지도, 작지도 않은 체구를 가졌다. 어두운 갈색 바람막이 점퍼에 검은색 면바지를 받쳐 입어 다른 사람들 눈에는 별 다른 인상을 주지 못하였지만, 뚫어져라 쳐다보는 두 눈에서 강렬한 살기를 내뿜었다. 나에게 잡히면 모든 것이 끝이라는 듯 말하고 있었다. 실핏줄이 선명하게 서있고 피곤함이 가득한 눈 속에는 삶을 향한 강한 욕망이 이루지 못한 꿈에 대한 분노와 함께 담겨 있었다. 강요에 의해 좌절되어야만 했던 청춘의 시간을 살인을 통하여 보상받으려 하는 심보였다. 자신이 누리지 못하였기에 새로 피어나는 청춘들 역시 누리지 못하도록 하고자 하는 마음. 그녀의 눈은 나에게 계속 경고하였다. 살아남고자 하는 본능으로 눈앞까지 다가온 죽음을 느꼈다. 그녀는 나를 잡으면 반드시 죽일 것이라고 말하는 듯하였다.

현실은 냉혹했다. 아무에게도 나는 도움을 구할 수 없었다. 고독한 현실이었다. 사람들은 결코 이익이 되지 않는 싸움으로 인하여 자신의 손을 더럽히려고 하지 않았다. 지난 사회생활에서 뼈저리게 경험하며 배운 교훈이었다. 나 홀로 끙끙 앓을 뿐이었다. 두려웠다. 상황이 더 나쁘게 흘러갈 것만 같아 무서웠다. 나는 목숨을 걸고 도망 다녀야 했지만, 그들은 단순한 오락거리로 여길 것만 같았다. 영화나 게임 정도로 생각하여 가만히 앉아 구경하며 환호성만 지를 것 같았다. 오히려 구경만 하면 감사한 일일 수도 있었다. 극도의 긴장감에서 나오는 스릴을 즐기기 위하여, 그녀를 흥분시켜 앞뒤 가리지 않고 달려들도록 만든다면 이제껏 도망 다녔던 노력은 허무하게 끝나버릴 것이었다. 도움을 주려는 또래 친구들도 있겠지만, 자신이 이제껏 열심히 쌓아온 안정적인 삶의 기반이 무너질까 걱정하여, 외면할 것 같았다. 그리고 그 중 몇몇은 그녀를 도와 삶의 기반을 다지는 물질적 보상을 받으려고 할 것이었다. 외면당하는 일, 버려지는 일, 이용당하는 일, 혼자서 싸워야만 한다고 해도, 살면서 절대 겪고 싶지 않은 일들이었다. 섣불리 상처받을 여지를 만들고 싶지 않았다.

나는 그녀와 눈이 마주칠 때마다 어색한 미소를 보냈다. 식은 땀은 척추뼈를 타고 천천히 흘러내렸고, 많은 사람들이 뿜어내는 열기는 숨통을 조였다. 사람들 틈을 비집고 다니며 끝이 보이지 않는 추격전에 나는 조금씩 지쳐갔다. 포기하고 잡히면 모든 것이 끝나버리지만, 살아남고 싶었다. 끝까지 살아남고 싶었다.

도망치며 애썼던 시간과 노력을 물거품으로 만들고 싶지 않았다. 여기서 포기하기엔 빛도 제대로 보지 못한 나의 꿈들이 서러웠다. 파란만장하게 펼쳐지기를 기다리며 버티고 있던 나의 청춘이 너무 서글펐다.

얼마나 도망쳤을까? 복도 앞에 멈추어 섰다. 이 복도만 지나면, 더 이상 그녀에게서 도망치지 않아도 괜찮았다. 끝나지 않을 것만 같던 추격전이 막바지에 다다랐다. 하지만 눈앞에 펼쳐진 풍경은 절망이었다. 아무리 발버둥 쳐도 희망은 없을 테니 더 이상 번거롭게 일을 만들지 말고 포기하라는 듯, 빼곡히 들어선 사람들로 길이 막혀있었다. 나 말고도 복도를 지나고자 하는 수백 수천 명의 사람들이 서로 먼저 빠져나가려 뒤엉킨 채 싸우고 있었다. 좁은 길목 사이에서 이리 치이고 저리 밀리면서 한 걸음씩 내딛으려고 애를 쓰지만 꿈쩍도 하지 않았다. 입이 바싹 마르고, 목이 탔다. 그녀가 가까이 다가오고 있는지, 머리가 쭈뼛쭈뼛 섰다. 간담이 서늘해지고, 온몸에 기운이 쑥 빠져나갔다. 몸부림을 쳐도 결코 해결되지 않을 것처럼 보이는 현실 앞에서 힘이 풀렸다. 하지만 이대로 포기할 수 없었다. 내 입에서 절대 포기라는 단어를 내뱉고 싶지 않았다. 작은 체구 하나를 믿고, 비집고 들어갈 틈을 만들기 위하여 이리저리 몸을 휘저었지만, 틈은 생기지 않았다. 앞에 있는 사람을 밀어보기도, 당겨보기도 하였지만, 소용없었다. 양해도 구해보며 갖은 방법을 썼지만, 그들 역시 살아남아야 하기에 누군가에게 공간을 내어줄 여유는 없었다. 견고하게 자리를 지키며 서 있는 사람들 앞에서 내가 할 수 있는 것은 아무것도 없었다.

　다행히 현실이 아니라 꿈이었다. 꿈에는 언제나 반전이 존재하였다. 마음속 깊은 곳에서 새어 나오는 강한 열망이 예상하지 못한 기적을 만들어 주었다. 구세주가 나타나 모든 상황을 바꿔 주기를 바라는 마음이 길을 열어주었다. 어디서 나타났는지 정확하게 알 수 없는 두 남자가 나를 불렀다. 한 명은 검은 반팔 티셔츠를, 다른 한 명은 흰 반팔 티셔츠를 입고 있었다. 그냥 보기에도 나보다 덩치가 훨씬 컸다. 아마 위로는 머리 하나가, 옆으로는 몸통 반 이상이 더 있었다.

　따라와.

　짧고 굵은 한마디만은 남긴 채, 흰 티셔츠를 입은 남자가 나를 세게 잡아 당겼다. 흰 티셔츠를 입은 남자가 앞에서 당겨주고, 검은 티셔츠를 입은 남자는 뒤에서 받쳐주며, 아무 말 없이 묵묵히 사람들 사이를 비집고 지나갔다. 결코 뚫리지 않을 것만 같던 벽이 허물어졌다. 뒤를 돌아서니, 사람들은 여전히 발버둥을 치고 있었다. 혼자 힘으로 아무리 노력해도 꿈쩍하지 않던 사람들 사이를 두 남자의 도움으로 단 몇 초 만에 가뿐히 통과하였다. 살아남았다는 안도감에 마냥 기쁠 줄 알았지만, 막상 도착하니 감정이 오묘해졌다. 살았다는 안도감, 그래도 버텨냈다는 자

부심, 불가능해보였던 일이 한순간에 해결되어버린 허탈함, 그
리고 잠에서 깼다.

4. 보일러

밤 11시가 넘었다. 왜 그런 꿈을 꾸었을까, 두 남자가 말하고 자 하는 뜻은 무엇이었을까, 꿈을 꾸고 나면 다시 되뇌며 꼭꼭 씹는 버릇이 있었다. 꿈은 의식이 느끼지 못한 생각이나 감정을 말해주는 생존 신호였다. 무의식은 느꼈지만, 쉴 새 없이 쏟아지 는 정보들로 의식이 놓쳐버린 사실을 알려주었다. 나는 왜 혼자 해결하지 못하고, 두 남자의 도움을 받아야만 했을까?

어쩌면 나는 내가 생각하고 있던 만큼, 독립적이지도, 강하지 도 않은 사람이었던 것일까. 받아들이지 않고 거부하는 나의 본 모습 중에 캔디이고 싶은 욕망이 있었던 걸까. 월화 미니 시리즈 의 여주인공이고 싶은 마음이었을까. 외로워도, 슬퍼도 울지 않 고 꿋꿋이 버텨 언젠가 찾아올지 모르는 잘생기고, 돈 많고, 나 만 사랑해주는 백마 탄 왕자님을 기다리고 있었던 것은 아닐까. 구질구질한 현실에서 혼자 벗어날 자신이 없어, 구원자를 기다 리고 있었던 것은 아닐까. 그렇다면 과연 나타나기는 할까?

바보야. 정신 좀 차려라.

허망한 질문들을 이어나가는 나를 꾸짖었다.

화장이나 지워라. 잠이나 자게.

아무리 귀찮아도 꼭 씻어야만 했다. 예민한 성격으로 여드름이 쉽게 피어나는 피부는 만약 화장을 지우지 않고 자면 기다렸다는 듯 울긋불긋 여드름을 피울게 뻔했다. 그렇게 되면 피부과라도 가야 하니, 돈을 엄청 쓰게 될 것이다. 사전 예방이 매우 중요하다. 억지로 몸을 일으켜 세웠지만, 이미 녹초가 되어버린 몸은 움직이지 못했다. 침대에서 몸을 굴려 바닥으로 떨어뜨렸다.

한숨이 절로 나왔다. 눈꺼풀이 무거워져 눈은 떠지지 않았다. 씻지 않은 손으로 눈을 대충 벌려 콘택트렌즈를 빼, 방바닥에 버렸다. 그리고 뱀이 허물을 벗듯, 옷을 벗어 바닥에 늘여놓았다. 윗도리 하나 동그랗게 만들고, 그 옆에 벗은 모습 그대로 바지를 두었다, 옷 벗어놓은 모양새를 한 번 확인한 후, 화장실로 들어갔다.

숨을 길게 한 번 몰아쉬었다. 물을 트니, 차가운 물이 나왔다. 샤워를 바로 시작할 수 없었다. 따뜻한 물이 나오기를 기다려야만 했다. 물소리를 들으며 거울 앞에서 넋이 나간 채, 서서 기다렸다. 벌거벗은 모습으로 기운 없이 쳐져있는 몸을 보니 서러워졌다. 창문 틈 사이로 들어오는 바깥바람에 바들바들 떨며, 언제 나올지 모르는 따뜻한 물을 기다리고 서 있는 내 모습이 초라해 보였다. 울고 싶어졌다. 사실, 별다른 생각은 없었다. 그냥 아무 이유 없이 서러움을 느끼고 싶었다. 아련한 감정, 드라마의 여주인공들이 여의치 않은 상황에서 외롭고 힘들지만 참고 이겨나가는 그림에 나를 넣고 싶었다. 버티면 왕자님이 어느 날 갑자기 나타나 해결해주는 일어나지 않을 상상에 빠지고 싶었다. 그들은 벌써 공주님을 만나서 잘 먹고 잘 살고 있겠지만, 내가 알바 아니었다.

조금만 기다려봐. 괜찮아질 거야.

차가운 물에 손을 씻고, 양치질을 시작하였다. 양치질도 끝나고 화장도 어느 정도 지웠지만, 따뜻한 물은 나오지 않았다.

망할, 보일러가 또 꺼졌네.

갈등이 시작되었다.

그냥 잘까. 아냐, 씻고 자야해. 그런데 너무 귀찮은데. 오늘만 안 씻고 자면 안 될까. 진짜 너무 귀찮은데. 그러다 피부 뒤집어지면 어쩌려고, 병원에 가야만 하잖아. 돈 엄청 깨질 텐데.

화장실에서 투덜거리면서 나왔다. 수건에 손을 대강 닦고, 알몸 위에 긴 코트 하나를 걸쳤다. 속옷도, 잠옷도 안 입고 무릎까지 오는 긴 코트 하나만 입었다. 사람을 만나러 나가는 것도 아니고, 지퍼 하나만 잠그면 안에 옷을 입었는지, 안 입었는지 아무도 알 수 없었다. 수고롭게 옷을 입고 벗는 일을 하지 않아도 괜찮았다. 삼선 슬리퍼에 발을 밀어 넣고, 문을 열었다. 문이 열리자마자, 차가운 바람이 종아리를 사정없이 때렸다. 자는 동안 체온이 많이 떨어졌었는지, 바람이 유독 차갑게 느껴졌다.

5. 오줌발

일반적인 오피스텔이나 원룸 빌라와 내 방의 위치는 조금 달랐다. 보통 현관문을 열면 복도가 보이지만, 내 방은 골목이 바로 보였다. 빌라 1층, 원래 창고로 사용하기 위하여 만들었지만, 전세금을 더 받기 위하여 방으로 개조된 공간이었다. 다행히 문은 골목을 정면으로 바라보지 않았기에 지나가는 행인들이 쉽게 방 안을 들여다 볼 수 없었다. 현관문은 골목이 아닌 건물 주차장이었다. 주차장이라고 하여, 중형차 여러 대를 세울 수 있는 크기가 아니라, 소형차 한 대 정도 겨우 들어갈 수 있는 크기였다. 하지만 그마저도 관리가 제대로 이루어지지 않아, 동네 아저씨들의 오토바이와 자전거가 세워져 있었고, 주말이면 동네 아주머니들이 펼쳐놓은 빨래 건조대들로 북적거렸다. 그리고 주차장 벽면을 따라, 사람들이 이사를 나가면서 버린 짐들이 아슬아슬하게 쌓여져 있었다. 보일러실은 현관문에서 대각선 모퉁이에 있었다. 따뜻한 물이 꺼질 때마다 그곳에 가서 다시 켜야만 했다. 그다지 먼 거리는 아니었지만, 하루가 멀다 하고 꺼지는 온수에 짜증이 제대로 올라왔다.

진짜, 이사를 가던지 해야지. 맨날 이게 뭐하는 거고?

어둠이 짙게 깔린 조용한 주차장에서 툴툴거렸다. 손을 뻗어, 주차장 전등을 켜고, 신경질적으로 양 팔을 옆으로 크게 휘저으며 걸었다.

그때였다. 갑자기 물건이 바닥에 떨어지는 소리가 났다.

엄마야, 이게 뭐고.

간이 작아 사소한 일에도 소스라치게 놀라는 나였다. 순간 중심을 잃고 뒤로 나자빠졌다. 주저앉은 채로 주위를 살펴보았다. 무서워 움직이지 않고, 눈만 열심히 굴렸다. 빛이 닿지 않는 공간은 어두워서 제대로 볼 수 없었다. 예상 못했던 움직임에 심장이 쫄깃해졌다. 정신을 차리고, 엉덩이를 툭툭 털면서 일어났다.

빨리 움직이자.

최대한 아무렇지 않은 듯 양팔을 쭉 뻗어 앞뒤로 박수를 쳤다. 불안한 마음에 노래까지 흥얼거렸다. 떨리는 손으로 자물쇠를 열고, 온수 버튼을 눌렀다.

이게 다 오래된 보일러 때문이다. 완전 짜증나.

보일러실 자물쇠를 잠그고 뒤로 돌아서려는 순간, 겁이 났다. 뒤돌아섰을 때, 누군가가 서있을 것만 같았다. 고민하는 동안 움직임을 감지하지 못한 센서등은 꺼져버렸다.

휴대폰, 휴대폰 어디 있지?

코트 호주머니에는 오래된 영수증만 바스락거렸다. 어둠은 짙어져만 갔다.

미치겠네. 옷도 제대로 안 입었는데,

시간을 지체할 수 없었다. 심호흡을 크게 한 번 하고, 재빨리 돌아 섰다. 다행히 아무도 없었다. 다시 한 번 한숨을 내쉬고, 방으로 냅다 뛰었다. 후들거리는 두 다리로 겨우 버티며, 문을 열었다. 뒤도 돌아보지 않고, 문을 세차게 닫았다. 그리고 그대로 주저앉았다.

무서워. 무서웠어. 엄청 무서웠어. 무서워 죽는 줄 알았네. 그런데 내가 지금 여기서 무슨 일을 당한다고 하여도 당장 달려와 도와줄 사람이 없네. 진짜, 아무도 없네. 기절해도 아무도 모르겠네. 정신 안 차리면 끝이겠다. 정신 차려야지.

코트를 벗고, 침대에 걸터앉았다. 몸을 샅샅이 훑어보며, 다친 곳은 없는 지 확인하였다. 쪼그라든 가슴을 양 손으로 쓰다듬어 주었다.

괜찮아, 괜찮아, 이제는 괜찮아. 다 괜찮아

아무도 없는 방에서 스스로를 진정시켰다. 마음이 가라앉자, 궁금해졌다.

무슨 소리였지? 사람은 그렇게 빨리 도망갈 수 없는데.

혼자 중얼거리며, 다시 화장실로 들어갔다. 따뜻한 물이 나왔다. 몸을 천천히 적시며, 머리 위로 떨어지는 물방울 하나하나를 느꼈다. 마사지를 하듯 머리를 두드리는 물줄기에 복잡하게 엉

켜있던 생각들이 씻겨 내려갔다. 금세 기분이 좋아졌다. 더 이상 궁금하지 않았다. 날카롭게 서있던 신경들이 누그러졌다.

시원하게 흘러내리는 물소리는 오줌보를 자극하였다. 바쁜 업무 속에서 제대로 해결하지 못했던 물들이 쏟아져 나왔다. 게임을 하듯, 하수구를 향해 쏘았다. 오줌은 하수구 가운데를 정확하게 맞고 흩어졌다.

10점! 그래, 나 아직 안 죽었어. 누가 뭐래도 살아있어. 역시.

굳세게 뻗어나가는 오줌을 볼 때면 아빠가 해주던 꿈 이야기가 떠올랐다. 내가 화장실에서 볼일을 보고 나올 때면 꼭 말해주었다. 내가 태어나던 전날 밤, 아빠는 꿈을 꾸었다고 하였다. 한 여자 아이가 산에서 오줌을 싸는데, 소녀의 오줌발이 너무 세서 아랫동네가 다 날아가는 꿈이라고 했다. 그래서 그런지, 몸이 많이 아플 때를 빼고는 항상 세찼다.

그래, 나는 크게 될 사람이야.

6. 다크서클

늦은 아침, 알람이 울었다. 맡은 임무를 완수하겠다는 강한 의지로 힘차게 울기 시작하였지만, 얼마 지나지 않아 조용해졌다. 조금은 나은 오늘을 꿈꾸며 활기차게 하루를 시작하고자 맞춘 알람이었지만, 잃어버린 희망과 함께 꿈속의 배경음악으로 변해 버렸다. 제대로 기억이 나지 않을, 어렴풋이 흘러나오고 있는 것만 같은 그런 존재감 없는, 분위기도 제대로 살리지 못하며 제역할도 다하지 못하는 그런 배경음악. 눈을 살며시 떴다. 찡긋거리며, 강렬하게 쏘아대는 스마트폰 화면을 봤다.

10시 30분, 화면에 찍혀있는 숫자를 보며, 화들짝 놀랐다. 확실했다. 휴대폰이 고장난 것이 확실했다. 아니고서야 이렇게까지 알람을 못 들을 일은 없었다. 첫 번째 알람은 7시. 알람을 끄지 않았을 경우, 10분마다 한 번씩, 총 다섯 번 울려야만 한다. 그러면 8시 알람이 시작되도록 설정을 하여, 12시 10분까지 알람이 울리도록 되어 있었다. 1분 알람이 울고, 9분 쉬며 3시간 30분 동안 알람은 울었지만, 나는 단 한 번도 제대로 듣지 못하고 잠만 잤다. 시끄럽게 울어대는 알람을 비트삼아 꿈에서 격렬하게 춤이라도 췄는지, 찌뿌둥하였다. 팔다리를 사정없이 아래, 위로 뻗으며 느지막이 하루를 시작하였다.

해는 기다리지 않아도 알아서 시간 맞춰 찾아왔다. 불공평한 세상에서 우리에게 유일하게 평등하게 주어지는 것은 시간뿐이었기에, 주어진 시간을 효율적으로 사용하려고 잔머리를 굴렸다. 시작점이 다르기에 다른 사람보다 늦게 자고, 빨리 일어나, 최대한 많은 시간을 확보하여야 한다고 스스로를 다그쳤다. 어제에서 이어지는 시공간, 달라진 것 하나 없이 반복되는 일상, 어제와 조금 다른 모습을 한 채, 오늘은 찾아왔다. 내일은 더 좋아질 거야. 조금 더 좋아질 테니까, 힘내자. 발걸음을 재촉하며, 제대로 보이지도 않는 길을 가기 위하여 힘을 냈다. 자는 동안 눈물을 흘렸는지, 눈곱이 덕지덕지 붙어 눈이 제대로 떠지지 않았다. 양 손으로 눈곱을 떼며 침대 밑으로 몸을 굴려 떨어트렸다. 둔탁한 소리가 나자, 근육들이 놀란 듯 꿈틀거렸다.

씻자. 씻고 움직이자. 출근하기 전에 뭐라도 좀 해야지.

팔, 다리를 대자로 크게 벌리고 외치듯 말했다. 아무도 없는 적막한 방을 채우고 있는 외로움을 없애고 싶었다. 혼자라는 사실이 느껴지자, 일부로 더 큰 목소리로 말했다.

잘 잤다. 빨리 일어나서 즐겁게 하루를 시작해야지. 뭐라도 해야지. 출근도 하고 말이야. 그래야 돈도 벌 거고, 글도 쓸 수 있을 거고, 결혼도 하겠지.

아무도 없었다. 잔소리를 해주는 사람도, 챙겨주는 사람도, 아무도 없었다. 철저하게 혼자였다. 정신 못 차리고, 어리바리하게 있다가는 버려지고 말 것만 같았다. 금방 낙오자가 될 것만 같은 공포가 심장을 조여 왔다. 잠에서 깨기 위하여 스트레칭을 시작했다. 손가락 깍지를 끼고, 머리 위로 팔을 쭉 뻗었다. 자는 동안 굳어져 있던 근육들이 풀리면서, 입에서 이상한 소리가 흘러나왔다. 정신이 조금은 들었다. 상체를 세워, 오른쪽으로 한 번, 왼쪽으로 한 번, 바닥으로 한 번, 기지개를 켰다. 자는 동안 떨어졌던 체온이 조금 올라갔다. 두 손을 세차게 비벼 따뜻하게 만들었다. 그리고 감은 두 눈에 가져대며 마지막 한 마디를 덧붙였다.

잘 잤어? 늦겠다. 빨리 씻고, 움직이자.

몇 년째, 아무도 물어보지 않는 아침 인사를 나 홀로 하였다. 씻으러 들어갔다. 습관처럼 나를 위로했다.

혼자서도 잘하잖아. 어차피 인생은 혼자니까 괜찮아. 지금 잘하고 있어. 매우 잘하고 있어.

고개를 들었다. 화장실 거울에 비친 나의 모습은 괜찮아 보이지 않았다. 다크서클로 눈 밑은 어두웠고, 지친 듯 눈빛은 많이 탁해져 있었다.

너 정말 괜찮은 거 맞지?

7. 현실과 계획 사이

영어학원에서 일을 하고 있었다. 생활은 그럭저럭 나쁘지 않았다. 매달 통장에 찍히는 월급으로 부족하지는 않게 살고 있었다. 여유롭게 즐기면서 살기에는 턱없이 부족한 금액이지만, 기초적인 생활은 걱정하지 않아도 괜찮았다. 돈은 대부분 책을 사거나, 먹는 데 사용하였다. 스트레스를 풀기 위하여 옷을 사거나, 자기계발이나 취미 생활을 하려고 계획을 세우면 단번에 돈이 부족하다는 사실을 느꼈지만, 생활에 큰 지장이 있지 않았기에 괜찮았다.

처음 학원 일을 선택한 이유는 매우 간단하였다. 정확한 여덟 시간 근무, 수업 준비를 위하여 영어 소설을 지속적으로 읽어야 하며, 별다른 경쟁은 하지 않아도 되는 일처럼 보여 시작하였다. 스트레스 받을 일도 그다지 없을 것이라고 생각했다. 야근이나 회식이 없어 매일 일정 시간을 글 쓰는 데 사용할 수 있을 것이라고 계산하였다. 또한 나중에 영어 소설을 쓰는 데, 일을 하면서 읽게 될 다양한 원서들이 어느 정도의 독서량을 보장해줄 것이라고 믿었다. 경쟁이 없었기에 부차적인 스트레스를 받을 이유도 없어 보였다. 매달, 격주로 근무를 해야만 했지만, 괜찮았다. 대신 야근이 없으니까.

판단은 크게 틀리지 않았다. 일상적인 업무들을 반복적으로 해내는 것이었기에 치고 나가기 위하여 경쟁할 필요는 없었다. 내가 해야 하는 일만 제대로, 제시간 내에 한다면 굳이 스트레스를 주는 사람도 없었다. 한 선생님이 일을 제대로 하지 않아 스트레스를 주기는 하였지만, 내게 주어진 일들은 제대로 해내고 있었기에 괜찮았다. 학생들 학습 관련 상담을 할 때마다 들려오는 좋은 평가, 학부모님들께서 보내주시는 신뢰와 감사는 사회에서 인정받고 있다는 기분이 들게 만들었다. 실력이 향상되는 아이들을 볼 때면, 나 자신이 매우 능력 있는 강사라는 착각이 들 정도였다. 아직 스물여섯밖에 되지 않았지만, 아이들에게 인생에 대하여 다 아는 듯 조언을 해주며 이런 저런 이야기를 할 때면 영향력 있는 인기 강사라도 된 것처럼 들떴다. 일하는 동안, 아이들을 통하여 인간적 한계를 느끼며, 예상하지 못한 나의 모습을 볼 때면 마치 어른이 되어가는 성장통을 앓는 것 같았다. 일을 시작한지 오래 되지 않았지만, 월급도 오 만원 올랐다. 거대한 비전을 이루며 나아가는 일은 아니었지만, 평범한 하루를 살아가기에는 나쁘지 않았다.

하지만 현실과 계획 사이에서 조금씩 균열이 일어나고 있었다. 매일 여덟 시간씩, 상담 전화와 학습 진행 통지표를 적고, 수

업과 관리에 힘을 쓰다 보니, 정작 책을 읽을 시간이 많이 나지 않았다. 정작 퇴근 후, 나만의 시간이 돌아왔을 때에는 글을 쓰기는커녕 휴식 취하기에도 시간이 부족하였다. 매년 150권씩 읽던 독서량이 반에 반으로 줄어들었고, 마음 한 구석에는 공허함이 자리 잡아 가고 있었다. 작은 성취감과 안정감으로 하루를 버티며 살아가지만 본질적인 삶에 대한 갈증을 채우기에는 턱없이 부족하였다.

마음의 숲에서 뛰어 노는 행복을 먹는 하마가 일상에서 오는 안정감으로는 만족하지 못하고, 수증기처럼 떠다니는 소소한 행복들마저 모조리 먹어 치우며 감성을 건조하게 만들고 있었다. 말라 비틀어가는 마음의 숲에서는 나무에 가려서 제대로 보이지 않았던 욕망들이 그대로 커져나갔다. 공허한 욕망만이 마음을 채워가고 있었다.

8. 열정 페이

 문학을 전공해서 그런 것인지, 아니면 남다른 감수성으로 인한 것인지 모르겠지만, 언제나 인생이 무엇인지, 어떻게 살아가야 하는지에 대한 고민을 안고 살아왔다. 신기하게도 이런 고민들은 삶에 대한 만족도가 높을 때에는 나타나지 않았다. 부족함을 느끼고, 불만이 생기고, 변화가 필요할 때, 자연스럽게 떠올랐다. 스물다섯을 막 시작하던 때, 삶에 대한 넘치는 질문들에 대한 답을 찾기 위하여 사색에 빠지면 누군가 나에게 이런 말을 하였다.

 "지랄하고 자빠졌네. 그딴 거는 화장실에나 가서 해."

 그는 내가 생각하고, 말하고, 실천하는 대부분의 일들을 같잖은 꼴값 정도로 치부해 버렸다. 예상하지 못했던 길 위에서 걸어가야 할 방향을 찾기 위하여 몸부림치는 모습을 가소롭게 바라보았다. 비현실적이고, 쓸데없는, 돈이 전혀 되지 않는 이야기라며, 개똥철학이라고 불렀다. 안정된 생활 속에서 그를 잊어버린 채 살아가지만 그래도 가끔 떠올랐다. 있는 곳에서 안주해 버릴 것 같을 때면 그가 떠올랐다.

나쁜 놈. 꿈을 좇아도 절대 그 사람처럼은 안 산다.

그는 나에게 입버릇처럼 비전을 강요하였다. 자신의 회사가 비전이 있으니 모든 것을 다 걸고 목숨 바쳐 한 번 일해라며 강요하였다. 자신에게 당장 월급을 줄 수 있는 돈이 없으니, 만약 내가 목숨 걸고 일해서 사업이 번창하게 되면 보상해 주겠다며 순진한 나를 꼬드겼다. 인센티브라는 말로 기본급 월 백만 원도 제대로 쥐어주지 않으며, 하루에 기본 12시간, 주말 없이 일하도록 강요하였다. 월급날이 다가오면 내가 제대로 일을 하지 않아 사업이 어려워져서 그런 것이라며 모든 잘못을 나에게 뒤집어씌우며 괴롭혔다. 10년이 넘도록 해내지 못한 일에 대하여 갓 사회생활을 시작한 나를 원망하였다.

그 시간들이 떠올릴 때면, 눈물은 차오르지만 힘든 시간을 극복하며 배우고 성장하였기에 괜찮다며 스스로를 위로하였다. 하지만 상처는 결코 아물지 않았다.

9. 전쟁터

학교는 작은 사회라고 한다. 학창 시절, 또래들과 어울리며 사회성을 기르는 훈련이라는 의미로, 공동체 생활을 하면서 직간접적으로 사회를 경험하기 때문이다. 하지만 정작 사회에 나와서 뒤돌아보니 학교는 온실이었다. 대학시절, 나름대로 아르바이트도 하고 다양한 동아리 활동을 하며 사회를 잘 파악하고 있다고 생각했지만 본격적으로 학교와 부모님의 울타리 밖으로 나오니, 사회라는 곳은 좋은 표현으로 정글이었지, 현실은 불공평한 전쟁터였다. 금방 전쟁에 투입된 나에게는 제대로 된 무기도, 무기를 사용하는 법도 주어지지 않은 채, 오롯이 맨몸으로 총칼을 맞고 버텨내면서 터득해야만 하였다. 그곳은 함께 싸워 나가지 않았다. 각자에게 주어진 전쟁들이 너무나 치열하고, 버텨내는 것조차도 버겁기 때문에, 그 누구도 나에게 손을 내밀지 못하였다. 운이 나쁘면 상처 입고 피 흘리는 동료를 챙기기 위하여 잠시 돕다 자신도 쓰러지고 다치는 일이 일어났다. 잔인하였지만 철저하게 혼자서 이겨내야만 하였다. 그곳에는 우리가 학교에서 배운 윤리와 이성적 사고는 허용되지 않았다. 정신을 제대로 차리지 않으면 영혼까지 털리고 쫓겨나는 곳이었다.

비극은 언제나 이기적인 마음에서 시작한다. 나 역시도 나만 생각했던 욕심이 긴 시간을 허무하게 끝나도록 만들었다. 평소 필수 과목으로 인하여 듣지 못했던 수업을 수강하기 위하여 남겨두었던 6학점이 대학 졸업의 문을 통과하지 못하고 한국으로 돌아오도록 만들었다. 그 시작은 아마 내 꿈을 따라가겠다는, 핑계로 하였던 전과 때문일 수도 있었다. 학비를 보내기 위하여 제대로 먹지도 않고 옷 한두 벌로 계절을 버티며 뒷바라지 해주시던 엄마, 아빠는 금전적인 한계에 부딪히게 되었고, 6년 반 동안의 긴 미국 유학은 대학 졸업장 없이 끝나버렸다.

괜찮았다. 그래도 나쁘지 않았다. 휴학계를 내고 온 것이었고, 마음만 먹으면 다시 돌아갈 수 있을 것이라고 믿었다. 미국에서 공부했던 실력이 있으니, 과외나 학원 알바는 쉽게 구할 수 있을 것이며, 이삼천은 쉽게 벌 수 있을 것이라고 생각했다.

그리고 미국으로 다시 돌아가지 않는다고 하여도 미국에서 큰돈 쓰며 배운 경험과 지식은 모두 머릿속에 고이 간직하고 있으니, 시간을 허비하지 않았다고 믿었다. 넓은 세상에서 다양한 사람들과 소통하면서 배운 시간들은 굳이 졸업장이 없다고 하여도 머지않아 이루게 될 꿈을 위한 기반이 될 것이라고 믿었다. 짧지 않은 시간 동안, 부모님으로부터 떨어진 먼 이국땅에서 홀로 외로움과 싸우며 내가 누군지 찾으려고 발버둥 치던 시간들이 있기에, 어떤 어려움이 와도 버텨낼 수 있을 것이라는 자신감이 있었다. 부모님이 만들어준 그늘에서 벗어나, 혼자만의 힘으로 뜨거운 태양 아래에서 두 다리로 버티고 서서 앞으로 걸어 나갈 준비가 되어있다고 믿어 의심치 않았다. 그리고 꿈을 이루어 소설을 출판하고 강연을 다니며 머릿속에 그린 그림들을 이루고 살 수 있다고 믿었다.

하지만 현실은 암담하였다. 구체적인 준비 없이 덩그러니 마주하게 된 사회의 민낯은 막막하였다. 하고 싶은 일이나 분야가 있다고 하여도 바로 관련 분야로 갈 수 있는 것도 아니었다. 꿈과 생계는 전혀 다른 문제였고, 어디서부터 어떤 일을 시작해야 하는지 감조차도 잡을 수 없었다. 나름대로 꾸준히 알바를 하며 생활력을 키웠다고 생각했지만, 막상 사회에 던져지니 주어진 인생에 대한 책임감은 결국 두려움이 되어 눌리기 시작하였다.

10. 만만한 인생

　인생의 방향성을 결정하는 선택은 한 순간에 일어난다. 내가 서울로 올라오기로 결정하기까지 걸린 시간은 하루도 채 안 되었던 것처럼 말이다. 처음 한국에 들어와서는 일할 생각이 많이 없었다. 오랜 타지 생활에서 받은 피로감을 먼저 풀고 싶은 마음이 강하였다. 스물다섯 살이 시작되기 전, 삼 주 정도는 아무 계획 없이, 걱정 없이 쉴 예정이었다. 시차 적응도 하며 못 읽었던 책들도 읽고, 제대로 자지 못했던 잠도 몰아서 자며 아등바등하며 버텼던 대학생활의 여운에서 벗어나고 싶었다. 그러고 나서 일을 시작해도 늦지 않을 것이라고 생각했다. 그 다음 일은 새해까지 미루어도 괜찮을 것이라고 믿었다. 일은 구하려고 하면 언제든지 구할 수 있는 것이고, 오래 지나지 않아 나의 첫 번째 책이 출간되어 작가로 데뷔할 수 있을 것이라고 막연히 상상하였다. 어리기에 인생을 너무 만만히 보았다.

　크리스마스가 있던 12월 마지막 주, 친구들을 만나러 서울로 향했다. 고등학교 친구의 자취방에서 일주일 정도 머물 계획이었다. 대학 졸업을 앞두고 있던 그녀는 전문 자격증을 취득하고 서울에서 막 일을 시작하여 자리를 잡아가고 있던 중이었다. 그녀에 비해 나는 말만 번지르르한 휴학생이었다. 미래에 대한 걱정은 잠시 접어둔 채, 무의미한 시간들만을 보내고 있었다. 미국에서 학교를 같이 다녔던 친구들, 다시 미국으로 돌아갈 동생들, 학교를 졸업한 언니, 오빠들을 만나며 지나가버린 시간에 묶여 시시덕거리고 있었다. 그들과 섞여 있을 때까지만 하여도 괜찮았다. 현재가 보이지 않았다. 나는 여전히 유학생이었고, 잠시 휴학한 것뿐이었다. 세상 물정을 몰랐기에 돈을 우습게 생각하며, 조금만 일하여도 금방 큰돈을 모을 수 있을 거라고 생각하였다. 어쩌면 작가로 데뷔하고 유명해져서 원하는 것을 쉽고 빠르게 얻을 수 있을 것이라는 착각에 빠졌다. 현재는 나에게 중요하지 않았다. 다만 과거와 미래만 있을 뿐이었다.

크리스마스가 하루 전으로 왔던 날이었다. 고등학교 친구에게 대학 친구를 소개해 주기로 하였다. 고등학교 친구는 전문 시험을 통과하고 법인에서 일을 하고 있었고, 대학 친구는 국립대에서 박사 과정을 밟고 있었다. 신이 나에게 정신 좀 차려라고 말하고 싶었던 것일까? 자신에게 주어진 삶을 단계별로 차근차근 밟아가고 있는 친구들과 인생에 대하여, 미래에 대하여, 사회에 대하여 대화를 나누고 있으니 묘한 자격지심이 들기 시작하였다. 그들의 고민이 계속 귀에 걸리기 시작하였다. 전쟁을 치러가며 성장하는 지극히 평범하기도 하고, 오히려 스트레스가 되기도 하는 이야기들은 나의 현재를 보게 하였다. 전에는 느끼지 못했던 알 수 없는 소외감을 느꼈다. 초라해졌다. 내 자신이 한심해 보였다. 불안한 현실을 아무것도 정해지지 않은 막연한 몽상으로만 가린 채, 홀로 자위하고 있던 내가 보였다.

지금 나는 여기서 뭐하고 있지?

나는 지금 여기서 무엇을 하고 있는 거지?

현실을 보자니 비참해졌다. 맞다. 유학생 친구들과 나는 출신부터가 달랐다. 같은 미국 대학 휴학생이라고 하더라도 그들은 일을 하지 않아도 평생 여유로운 삶을 살아갈 수 있었다. 취직을 못하더라도 부모님 회사라는 든든한 보험이 있었다. 돈이 뒷받침되어 있는 그들과, 일을 하지 않으면 생활이 위태로운 나는 달랐다. 맞다. 내가 믿으며 당당한 척했던 미래는 현실적으로 일어날 꿈이었기에 여유로웠던 것이 아니라, 지고 싶지 않은 얄팍한 자존심을 지키기 위해 억지로 여유로운 척을 하였던 것이었다. 현재가 보이자 마음이 조급해졌다. 혼란스러웠다. 당장 무언가를 해야 한다는 생각에 마음이 허둥지둥거렸다. 뜬눈으로 밤을 지새웠다. 그리고 해가 뜨자마자 친구에게 미안하다는 문자 한 통만을 남긴 채, 대전으로 돌아갔다.

"무슨 일 있었나? 니가 놀다가 빨리 집에 돌아오기도 하고."

예상보다 일찍 돌아온 나에게 엄마가 물었다. 복잡해진 생각으로 쉽사리 입이 열리지 않았다. 어떻게 심정을 설명할 수 있을지 몰랐다. 가만히 앉아있으며, 작은 신음 소리만 연이어 냈다.
오랜 침묵을 지키다, 짧게 대답하였다.

"엄마, 나 서울 갈래."

11. 상경

사실 특별한 계획은 없었다. 청춘들이 그렇듯 뛰는 심장을 따랐을 뿐이었다. 서울은 꿈을 이룰 수 있는 도시처럼 느껴졌다. 서울에 가기만 하면 막연히 꿈꾸던 미래를 얻는 방법을 찾을 수 있을 것만 같았다. 꿈을 이룰 수 있는 기회를 얻는 기대감으로 부풀어진 동경뿐이었다. 아무것도 모르기에 용감하다는 말처럼 사회가 얼마나 냉정한 곳인지 제대로 경험해보지 못했던 애송이는 막무가내로 뛰어들었다. 계획 없이 옷가지 몇 벌만 챙겨 서울로 올라왔다. 오직 성공이라는 두 글자만을 머릿속에 새기고 있었다. 성공이 무엇인지 정확하게 알지도 못하였다. 다만 최대한 빨리 일을 시작하여 유명해지고 큰돈을 주무르고 싶었다. 성공이라는 말로 완성되지 못했던 과거를 완성시키고 싶었다. 졸업장 없이 돌아와야만 했던 허무한 유학생활을 마무리 짓고 싶었다. 바닥으로 떨어지는 현실로 인하여 공허해지고 있던 마음을 무엇인가로 채우고만 싶었다. 현실을 제대로 보지 않더라도 오직 성공이라는 두 글자에 미쳐 날뛰다 보면, 그래도 언젠가는 무언가를 이루고 어느 정도 안정된 행복한 삶을 살아가고 있지 않을까라는 막연한 기대였다.

먼저 일을 알아보기 시작하였다. 어떤 일부터 시작해야 할지, 무슨 일을 할 수 있을지 전혀 감이 잡히지 않았다. 유독 '일'이라는 단어에 강한 자신감을 보였던 나였지만 막상 거대한 시장에 던져지니 내세울 수 있을 만한 것이 마땅히 없었다. 처음 유학을 시작하던 때만 하더라도 영어만 잘하면 어느 정도 먹고 살 수 있는 시대였지만, 시간이 흘러 유학을 마치고 돌아온 지금은 영어만으로는 할 수 있는 것이 없는 시대가 되었다. 영어를 잘하는 사람들은 차고 넘쳤다. 유학생이 귀하던 시절은 이미 끝났다. 어학연수, 워킹홀리데이, 교환 학생, 유학 등으로 소위 외국물을 한번쯤 먹어본 사람들은 이십대의 절반은 넘어서는 듯 보였다. 영어는 당연히 잘해야만 하는 필수 요소였다. 영어를 잘한다는 장점은 더 이상 빛을 보지 못했다.

또한 취업 시장에서 이력서를 내미는 대부분은 대학 졸업장을 가지고 있었고, 휴학생 신분으로 넣어볼 수 있는 마땅한 곳은 찾기 어려웠다. 전문대 2-3년제 이상 대학의 졸업장을 원하였고, 어디에서도 고졸은 원하지 않았다. 아무리 4학년 1학기까지 수업을 듣고 왔다고 하지만, 현실에서는 학위가 없으니 투자했던 모든 시간들이 한 순간에 물거품이 되어버렸다. 우리 집 기둥을 뽑으며 쏟아 부었던 거품이 사회에 나오는 순간 꺼졌다.

스스로가 한심해졌다. 이것 밖에 못하는 내 자신이 원망스러웠다. 너무나 미웠다. 눈에 넣어도 아프지 않은 외동딸이라는 이유만으로 나 하나만을 바라보며 뒷바라지 해주었던 엄마와 아빠를 볼 낯이 없었다. 가지고 있던 마지막 하나까지 탈탈 털어 해주었던 지원의 보답은 추락하고 있는 현실인 듯 보여 비참해졌다. 벼랑 끝으로 몰리자 마음의 칼날이 섰다. 예민해졌다. 슬프게도 나는 칼을 밖으로 휘두르지도 못하고, 안으로, 사랑하는 사람들을 향하여 휘둘렀다. 미안한 마음에 날은 갈수록 더 날카로워졌고 말과 행동으로 엄마, 아빠에게 깊은 상처를 계속해서 주었다. 비극을 멈추기 위하여 생활의 안정을 찾아야만 하였다. 일을 구하는 것, 그것이 가장 먼저였다.

12. 이력서

간절해졌다. 무슨 일이 있어도 일을 시작해야만 했고, 돈을 벌어야만 했다. 나에게 분야는 더 이상 중요하지 않았다. 성공할 가능성만 있다면 어떤 일이라도 괜찮았다. 최선을 다하여 일하면, 정당하게 돈을 벌 수 있는 곳이라면 어디든 괜찮았다. 주어진 일에 대하여는 기대 이상으로 해낼 자신이 있었고, 드넓은 서울에서 내가 일할 곳은 분명 있다고 믿었다. 하지만 자신감은 오래가지 못하였다. 치열한 시장에서 나에 대한 믿음은 한 치의 오차도 없이 무너져 내렸다. 나보다 좋은 조건의 사람들은 넘쳐났고, 기본적인 대학 졸업장도 없이 영어 하나만 잘하는 이력으로는 어디에도 명함을 내밀 수 없었다. 기회조차 주기 싫어 보였다. 시간 낭비하고 싶지 않아 보였다. 내가 갈 수 있는 곳, 나를 원하는 곳은 그 어디에도 없어 보였다.

아니, 사실은 간절하다는 말은 허세였는지도 모른다. 나의 잘못이었다. 내가 너무 고지식하였고, 멍청한데다 자존심만 셌다. 현실을 제대로 보지 못하고 머릿속 이상만 가지고 덤벼들었다. 오직 열정과 패기만 있으면 충분하다는 생각이었는지도 모르겠다. 구직 사이트에서 제공하는 형식적인 이력서만을 작성하고, 특별한 분야에 대한 애정이나 비전은 언급하지 않았다. 단순했다. 마음에 없는 말을 하면서까지 일을 하고 싶지 않았다. 거짓말을 적고 싶지 않았고, 단지 돈을 벌고 싶었던 것이었기에 적지 않았다.

한국 사회에 어느 정도 적응하고 난 뒤에 알게 된 사실이었지만, 더 이상 이력서 한 장만 들고 다니며 면접을 보는 시대는 벌써 끝이 났다. 시장에 제공되는 일자리에 비하여, 일을 하고자 하는 사람들이 많은 상황에서 일자리를 제공하는 사람들은 조금 더 편하고 싼 가격에 부려먹을 수 있는 사람들을 찾았다. 단순한 편의점 아르바이트를 구하더라도 자기소개서를 적어 내야만 했다. 분야별로 각기 다른 자기소개서와 비전을 제공해야만 하는 복잡한 시대가 시작된 것이다. 시대가 변한 것을 알아채지 못하고, 똑같은 자기소개서와 비전만 가지고 관련 없는 분야들에 마구잡이로 지원하였다. 얼마나 일에 대하여, 관련 분야에 대하여 애정과 관심을 가지고 있는지 제대로 표현조차 하지 않고, 원색적인 비난만을 퍼부었다. 어떻게 자기소개서만으로 능력을 알 수 있느냐며 말이다.

모두 내 잘못이었다. 꼴에 유학생이라고 자존심을 세웠던 것일 수도 있었다. 내가 생각하기에 합리적이지 못한 규칙을 따르기 싫었던 것일 수도 있었다. 하나를 굽히기 시작하면 다른 것들도 타협해야만 할 것 같아 버텼던 것일 수도 있었다. 그들이 요구하는 조건에 나를 무조건적으로 맞추고 싶지 않았다. 타고나기를 마음에 없는 말과 행동을 못한다는 말은 핑계였을 수도 있었다. 진심은 자존심을 버려가며 일을 하고 싶지 않았던 마음이었다. 그렇게까지 시장에 맞추어가며 일을 하고 싶지는 않았다. 간절하지 않았던 것이었다.

13. 구직

정당화하기 바빴다. 퇴짜 맞고 나오면, 회사 문제로 돌려버렸다. 듣는 사람은 생각하지 않고 질문을 던지는 회사는 분명 문제가 있는 것이라고 믿어버렸다. 눈앞의 작은 이익들로 인하여 미래의 큰 기회를 놓치지 않기 위한 선택이라며 변명하였다. 문제를 회피하기 급했다. 입으로는 간절하다고 말하였지만, 마음은 아니었다. 허세일 뿐이었다.

하지만 조금 더 솔직히 말하면 아직도 나의 잘못이었는지, 그들의 잘못이었는지 헷갈렸다. 면접에서도 면접관의 질문이 마음에 들지 않으면 공격적인 대답을 서슴지 않았다. 자신들의 이익을 위하여 나에게 희생을 당연하게 요구하는 이기적인 마음은 앞뒤가 맞지 않는 질문들을 하였고, 비수가 되어 가슴에 꽂혔다. 시키는 일에 비하여 돈은 적게 주려고 하는 경우가 대부분이었다. 개인적인 시간들은 포기하고 그들의 이익을 위하여 청춘을 바쳐 일하기를 바라는 마음뿐이었다. 일을 하면서 그들의 논리에 세뇌가 되었는지, 옳고 그른 것이 헷갈릴 때가 있었다. 아직까지도 그들의 말투가 귀를 스쳐 지나간다. 약한 사람들의 생계와 꿈을 가지고 장난치는 간사함, 빈손으로 넘치는 자신감만 가지고 부딪혔던 나. 가소롭게 바라보던 눈빛과 기 싸움에서 지지 않고 싸우던 호기로운 대답들. 잊히지 않고 이불 속에서 나를 비명과 함께 힘껏 다리를 하늘로 걷어차게 만들었다.

14. 인턴

인턴이란 고등학생, 대학생, 대학원생들에게 방학이나 휴학 기간을 활용하여 자신이 졸업하고 종사하게 될 전문직 업무를 도우며 미리 배우는 제도를 말한다. 하지만 한국에서 사용되는 의미는 전혀 달랐다. 대학을 졸업한 취업 준비생들의 업무 수행 능력을 보기 위한 기간이라고 표면적으로 말하였지만, 현실은 합법적 노동 착취에 불과했다. 물론 모든 기업이 그런 것은 아니지만, 회사들이 정부의 지원을 받으며 싼 맛에 취업 준비생들에게 일을 시키는 제도였다. 실제로 일은 제대로 가르쳐주지 않으며, 허드렛일만 시켰다. 우리는 커피를 타고 복사하기 위하여 대학에서 공부한 것이 아니었다. 최저임금이나 주면 감사한 노릇이었다.

일자리를 얻기 위하여 노력한 지 얼마 되지 않았던 나는 세세한 차이점들까지 알지 못하였다. 알려고 하지 않았던 것일 수도 있다. 어차피 나는 글을 써서 작가가 될 사람이니까, 회사의 크기는 중요하지 않고, 어떤 조건이든지 당장의 생계만 해결되기를 원했다. 큰 회사든 작은 회사든 모든 시간들이 작가가 되기 위한 과정이니 아무리 사소해 보이는 일이더라도 최선을 다하며 경험을 쌓는 것이 중요하다고 생각했다. 모든 순간들은 글 쓰는 작업에 밑거름이 될 것이라고 믿었다.

만약 생활하기에 돈이 조금 부족하다면 '과외를 하면서 채우면 되겠지'라며 막연한 대안을 세웠다. 색다른 분야에서 일을 해보는 것도 나쁘지 않을 것 같았다. 그러던 중, 모 케이블 방송에서 구인 광고를 냈다. 음식 관련 기사를 쓰는 인턴 기자를 구한다는 내용이었다. 다양한 경험이 내가 제일 좋아하는 두 가지, 먹는 일과 글 쓰는 일을 함께 한다니 금상첨화가 따로 없었다. 두근거리는 마음으로 면접을 보러 갔다.

"희망 직업은 작가 쪽이던데, 왜 여기에 지원하게 되셨나요?"

"작가나 기자나 글을 쓰는 것은 같다고 생각했습니다. 평소 먹는 것을 좋아하여 새로운 음식을 먹어보는 것을 즐기며, 그에 대하여 표현하는 글을 써 기록을 남기는 일에 자신이 있어 지원하게 되었습니다. 또한 평소 음식 관련 기사를 즐겨 읽으며, 취미로 블로그 등에 리뷰를 적기도 했습니다."

"그런 거 좋습니다. 집이 대전이던데, 왜 서울로 지원하셨나요?"

"말은 제주도로, 사람은 서울로 가야한다는 말이 있습니다. 마음에 품은 꿈을 위하여 올라왔습니다."

"어떤 꿈을 가지고 왔습니까?"

"글을 쓰는 일입니다."

"그렇군요. 그럼 본인은 일을 빨리 배우나요, 아니만 천천히 배우지만 정확히 배우나요?"

"빠르고 정확하게 배웁니다. 선천적으로 손이 빠른 편이며, 어떤 일이 주어져도 빠른 시일 내로 적응하고 실적을 내어 성취감을 느끼기 위하여 노력하는 편입니다."

"자신감이 좋습니다."

"감사합니다."

눈을 마주치며 웃어 보였다. 당돌한 모습이 꽤나 마음에 드는 눈치였다.

"영어에는 자신 있으시겠어요?"

"네, 미국에서 영어를 전공하며 전문적으로 잘한다고 자부합니다."

"전문적으로 잘한다는 것은 어떤 의미인가요?"

"인문학을 꾸준히 공부하며 영어를 하였기 때문에, 회화뿐만 아니라 전문적인 번역들에도 자신이 있습니다."

"좋네요. 번역 부분도 많이 필요했는데."

분위기는 화기애애하였다. 하지만 오래가지는 못하였다.

"그런데 미국에서 학위를 왜 안 받아 왔나요? 한국에서 취업하려면 졸업장은 꼭 있어야 할 텐데."

"학비 부담이 커지면서 마무리 짓지 못하였습니다. 더 이상 학비를 내는 것이 불가능해져서 돌아오게 되었습니다."

"도와줄 친척들은 없어요?"

"굳이 그렇게까지 하면서 졸업장이 받아와야 한다고 생각하지 않았습니다."

"어떻게 해서든 받아 왔어야지."

순간 감정이 상하였다. 선을 넘은 오지랖은 상처를 주었다.

"유학은 큰돈이 투자되는 것이기 때문에 변수가 많이 생깁니다. 걱정은 감사하지만 그 부분은 지극히 개인적인 일이라고 생각됩니다."

"그래요. 그럼."

이력서를 뒤적거리며 고개를 좌우로 흔들며 피식거렸다.

"서울에서는 어떻게 생활할 계획인가요? 인턴을 하는 것만으로는 생활이 어려울 텐데."

"구인 공고에 협의라고 적혀 있어 먼저 이야기를 나눈 뒤에 결정하려고 하였습니다."

그는 이력서를 보고 있던 눈을 가소롭다는 듯 치켜뜨며 물었다.

"인턴이 뭔지는 아세요?"

"네. 학교를 졸업하지 않은 학생들이 추후에 자신이 종사하고 싶은 전문직에 직접 가서 일을 배우며 경험을 쌓아 대학 졸업 후 회사에 들어갔을 때, 이론과 현실의 차이를 줄이는 제도라고 알고 있습니다."

큭.

내 귀를 의심하였다. 왜 웃는 거지, 어디서 웃긴 거지, 비웃는 건가.

"미국에서 그렇게 사용하는지는 모르겠지만 한국에서는 대학을 졸업하고 취업을 준비하는 사람들이 취업이 되기 전에 사회생활을 경험하는 제도로, 적은 돈을 받고 일을 배우는 것을 말합니다."

논리가 맞지 않았다. 말이 되지 않았다. 대학을 졸업하였으면 제대로 된 일자리를 제공해주어야지, 왜 인턴으로 일을 시키는 것인지 이해가 되지 않았다. 돈은 제대로 주기 싫고 일을 해줄 사람은 필요하니 일자리를 원하는 사람들에게 대충 발 하나만 들여놓게 만들고 부려먹으려는 심산처럼 보였다. 청춘들의 간절함을 이용해 먹으려는 것으로 보였다. 칼날이 섰다.

"그럼 인턴을 하고 난 뒤에는 취업으로 연결이 되는 건가요?"

"그건 인턴 기간 동안 성실하게 업무 수행 능력을 보여주면 상황이 바뀌겠죠."

"성실하다는 말이 매우 모호하네요. 마치 대졸자─정식으로 고용을 해야 하는 사람들에게 제대로 된 임금과 고용의 안정을 제공하지 않고 일을 시키기 위한 제도처럼 들리네요."

"네?"

"대학을 졸업한 사람들에게 필요한 것은 경험이 아니라 고용이잖아요. 면접관님은 인턴 제도를 통하여 업무 수행 능력을 입증하시고 입사하시기까지 얼마나 걸리셨나요?"

"네?"

황당하다는 듯 바라보며, 자신이 잘못 들었는지 확인하려는 듯 다시 물었다.

"제가 이 일에 지원한 것은 맡은 일에 대하여 주시는 돈이 아깝지 않게 일할 자신이 있었기에 지원하였습니다. 하지만 지금까지 하신 말씀을 요약해보면, 구인광고에서 명시되어 있는 대학생 및 휴학생 대상 인턴이 아니라 대졸자를 원하시는 듯 보이네요. 함께 일하고 싶으시면 연락주세요."

나는 어이없이 바라보는 면접관을 뒤로 하고 재빨리 가방과 코트를 챙겨 인사하고 나왔다. 이렇게 한 군데가 날아갔다. 이런 곳에서는 일을 안 하는 것이 나를 위해서도 좋을 거라고, 일을 해도 제때 돈을 입금해주지 않을 거라며 나를 위로하였다.

15. 보조 출연

　서울에 올라올 때까지만 하더라도 영어 강사를 하고 싶은 마음은 없었다. 진짜 하고 싶었던 일, 좇고 싶었던 일에 시간을 쏟고 싶었다고 말하지만, 실은 나에 대하여 마음대로 판단하던 사람들이 틀렸다는 사실을 보여주고 싶은 마음이었다. 영문학으로 전공을 바꾸려고 마음을 먹었을 때부터, 나는 언제나 사람들의 질문에 시달려야만 하였다. 나보다 인생을 조금 더 살아서 세상에 대하여 안다고 자처하는 사람들이 나를 가르치기 위하여 하는 질문들을 받아내야만 하였다.

　"영문학 전공해서 뭐 먹고 살려고?"

　"비밀이에요."

　"왜, 영어 강사하려고?"

　"영어 강사는 아니에요. 영어 강사 할 생각은 전혀 없어요."

　처음에는 작가가 되고 싶다고 말하였다. 어떤 글을 쓰고 싶은지, 어떤 생각으로 영문학을 선택하는 것인지, 어떤 삶을 추구하고 있는지, 하지만 그들의 시선은 오직 먹고 사는 문제에만 초점이 맞추어져 있었고, 내 이야기는 들으려고 하지 않았다.

"한국에서 작가로 밥 못 먹고 산다. 정신 차려라. 그게 현실이다."

혀를 차고, 침을 사정없이 튀기며 쏟아내는 잔소리 속에는 나를 위한 마음은 없었다. 나는 나의 꿈을 보호해야만 했다. 같은 문화권에서 같은 교육을 받고 자라서 그런지 그들은 토시 하나 틀리지 않고 오디오 테이프를 반복하여 돌리듯 물어보았고 말했다. 그들은 그들이 세워둔 한계에 나를 끼워 맞춰 넣으며 나의 잠재력마저 제한하였다. 그들은 나의 소중한 꿈을 응원해줄 생각은 애초에 하지 않았다. 꿈을 이루어가기를 원하는 나의 선택을 돌려 그들과 같이 현실과 타협하며 살아가도록 만들기를 원했다.

그들에게 나의 길을 일일이 설명하고 설득하며 시간을 낭비할 수 없었다. 그러기에는 해야 하는 일들이 너무 많았다. 굳이 그들에게 인정을 받지 않아도 괜찮았다. 그럴 필요가 없었다. 감정적 에너지만 소모될 뿐 그들은 결코 그들이 세워둔 한계만을 내세우며 나를 인정하지 않을 것이었다. 관심이라는 포장 속에 가려진 간섭과 질타는 마음의 벽을 굳건하게 만들었다. 그리고 다짐하였다. 한국에 돌아가게 되더라도 결코 영어 강사는 하지 않으리라.

하지만 옛말에 사람 마음은 화장실 들어갈 때 다르고 나올 때 다르다고 하였다. 서울에 올라와 일자리를 구하면서 생각이 바꿔었다. 일자리를 찾아 헤매는 시간이 길어지자 급전을 마련할 보조 출연 아르바이트를 시작하게 되었다. 맡게 된 프로그램은 일일 드라마였다. 새해를 알리는 매서운 바람이 가시기도 전, 새벽이슬을 맞으며 방송국으로 향하였다. 태양은 아직 떠오르지 않았고 으스스한 기운만 감돌았다. 약속 장소에 도착하였지만 아무도 없었다. 너무 일찍 온 것이었다. 적막함이 몰려왔다. 마치 정신을 차리지 않으면 봉변을 당할 것 같은 기분이 들었다. 이상한 사람이 다가와 치근덕거린다고 하여도, 괴한이 나타나 습격을 당한다고 하여도, 도와줄 사람이 없었다. 불안한 마음을 진정시키기 위하여 가방에서 책을 꺼내 들었다. 글은 도통 눈에 들어오지 않았고, 너무 일찍 하루를 시작한 피로감에 눈은 계속 감겼다. 조용히 소리를 내며 읽기도 하고, 혼잣말을 하며 나스스로를 달래도 보았지만 쉽사리 정신을 차려지지 않았다. 실눈은 뜨고, 알람을 맞추었다. 최대한 구석자리로 가서 눈을 감았다. 생각에 빠져 들어갔다.

오늘은 어떤 일들이 일어날까? 즐겁고 흥미로운 일일까, 짜증나고 스트레스만 있는 일일까. 아마 특별한 일은 일어나지 않을 거야. 지극히 평범한 일들을 하다보면 하루 일과가 끝나겠지. 지금 내가 잘 가고 있는 거겠지, 잘못된 선택을 계속 하고 있는 것은 아닐 거야. 스스로 꼭 잡고 있다면, 잠시 옆길로 샌다고 하여도 금방 돌아올 수 있을 테니까 괜찮아. 돈 벌기 위해서 온 거잖

아. 너, 글 써야지. 넌 작가가 될 거고, 작가가 되는 과정에서 유익한 자극을 받게 될 거야. 그 이상도 그 이하도 아니야. 너무 걱정하지 마.

시간이 얼마나 지났을까, 손에 꼭 쥐고 있던 휴대폰에서 알람이 울렸다. 눈을 살며시 떠 주변을 살펴보니 어느새 사람들이 삼삼오오 모여앉아 이야기꽃을 피우고 있었다. 대부분 사십대 이상 아줌마, 아저씨들이었다. 그들은 전에 만난 적이 있었던 사람들처럼 인사를 나누었다. 지금쯤이라면 반장이라는 분이 도착했을 것이라는 생각이 들었다.

「어디로 가면 되나요?」

문자를 보냈다. 많은 사람들 속에서 홀로 덩그러니 앉아있는 어색한 기분을 빨리 떨쳐내고 싶었다.

「잠시만 기다려 주세요. 아마 그 쪽에 사람들이 모여 있을 거니까 함께 계세요.」

한 번도 본 적이 없는 사람들 틈에서 나는 누가 나와 같은 팀인지 알 길이 없었다. 구석자리에 앉아 얌전히 반장을 기다리는 수밖에 없었다. 사람들을 관찰하였다. 모두 다른 특징을 가지고 있는 얼굴을 글로 묘사해보기도 하고, 그들이 어떤 인생을 살아왔는지 마음대로 상상하며 글을 적었다. 신기하게도 그곳에 모인 중장년층은 활력이 넘쳤다. 마치 정년을 지난 친구들은 퇴직을 하고 쉬고 있지만, 자신들은 꾸준히 일을 하고 사람들을 만나는 데에서 오는 자신감으로 인하여 피부가 반질거리는 것처럼 보였다. 하지만 청년들은 기운이 없었다. 멍해보였다. 삶에 대한 활기도, 궁금증도 없이 휴대폰만 만지작거리고 있었다.

"일일 드라마 '사랑은 노래를 타고' 팀, 종이 주세요."

드디어 반장이 왔다. 그는 '티켓'이라고 부르는 종이에 날짜와 시작 시간 등을 적고 돌려주며 당부하였다.

"나중에 이 종이가 있어야지 오늘 일한 돈을 받을 수 있으니, 절대 잃어버리면 안 돼요."

"네."

나지막하게 대답하고 다시 자리로 돌아와 앉았다. 혹시 모르니 챙겨오라던 여분의 옷을 주섬주섬 챙겨 들었다.

"이제 버스 타러 가실 거예요."

10명이 조금 넘는 인원은 반장 아저씨를 따라 나섰다. 각각 다른 촬영지로 보조 출연자들을 데리고 갈 관광버스들이 방송국 앞에서 줄지어 대기하고 있었다. 차량 앞에 〈사랑은 노래를 타고〉라고 적힌 이름표가 달린 작은 관광버스에 올라탔다. 반장 아저씨가 마지막으로 타서 인원수를 확인하였다. 이내 시동이 걸리고 유유히 여의도에서 벗어났다. 흔들거리는 버스 안에서 반장 아저씨는 하루 동안 어떤 장면들을 찍게 될 것인지, 돈 계산은 어떻게 되어 지불이 될 것인지 간략하게 설명해주었다. 잘 부탁한다는 말을 남기고 그는 자리에 앉았다. 뉴스에서 보던 나쁜 반장들처럼 보이지는 않았다. 다행이었다.

첫 촬영 장소인 일산으로 향하였다. 창밖에 흘러가는 시간들은 고요하였다. 이제 막 아침이 찾아온 거리에 사람은 보이지 않았다. 아무도 없었다. 오직 가로수만이 바삐 지나가고 있었다. 창문에 머리를 기대어 잠을 청해보았지만, 아지랑이처럼 피어오르는 생각들로 머리가 흐려졌다.

일산이라, 만약 아는 사람 만나면 어떻게 하지. 아무렇지 않게 아는 척을 해야 하겠지. 뭐라고 말하지. 그냥 재미로 하는 것이라고 대충 둘러대면 되겠지. 유학까지 다녀와서 뭐하는 거냐고 속으로 욕하는 건 아니겠지. 또 뒤에서 이야기가 나오면 쪽팔린데. 아니야, 아니야, 괜찮아. 이건 결과가 아니고 과정이잖아. 그래, 난 작가가 될 거니까, 괜찮아. 경험을 많이 하는 게 좋은 거잖아. 그런데 아직 일어나지도 않은 일, 일어날 확률도 매우 낮은 그런 일들로 왜 내가 머리를 싸매고 있는 건지. 알잖아. 사람들 나한테 그렇게 관심 없다는 거. 왜 그런 생각을 계속 하는 거야? 불안한가, 또 불안한가보다. 아무 것도 해보지 못하고 먹고 사는 문제에 목을 매다 죽게 될까봐 많이 불안한가봐. 엄마, 아빠에게 평생 손 벌리며 밥벌이 하나 제대로 못하고 민폐만 끼치는 딸, 부끄러운 딸이 될까봐 불안한가봐. 다 잘 될 거야. 잘 해왔잖아. 잘 할 거야. 여기가 결코 끝이 아니야.

이른 새벽부터 출발한 탓에 버스를 타고 있던 사람들은 모두

잠들어 있었다. 끝을 모르고 달리기만 하던 생각을 겨우 붙들었다. 보장받지 못하는 미래, 불안함, 그리고 두려움으로 괜히 자존심을 세우는 모습을 상상하며, 성공으로 마무리 짓게 될 미래를 그리며 눈을 감았다. 긍정적으로 생각하지 않으면 어둠 속에서 바닥이 보이지 않아 금방이라도 나락으로 떨어질 것 같았다.

밤 9시가 조금 지나자 모든 일과가 끝이 났다. 보조 출연으로 생계를 이어가는 분들은 자정을 넘기지 못하여 많이 아쉬워 하셨다. 철없는 나는 그 분들 앞에서 기분 좋은 티를 팍팍 냈다. 버스에 몸을 실었다. 추운 겨울, 1시간이고 2시간이고 연기자들이 올 때까지 밖에서 기다리며 서 있어야 하는 환경에서 예의라고 하나도 없는 촬영 스텝들이 습관적으로 뱉는 욕지거리에서 벗어날 수 있어서 행복했다. 일 자체는 매우 신선하고 재미있었다. 화면을 통해만 보던 장면들이 바로 눈앞에서 펼쳐지니 신기하였다. 반장 아저씨가 저녁식사를 마치고 쉬는 시간 동안 문구점에서 공책을 구경하고 있던 나에게 쉬운 길은 아닐 테지만 작가의 꿈을 꼭 이루라며 공책과 대본을 선물로 주셨다.

"작가라는 길이 힘하겠지만 꼭 이뤄냈으면 좋겠다. 이 일은 진짜 힘들거든. 촬영장에서 보조 출연자들의 순위는 가장 밑이니까. 그래도 오늘 촬영은 팀이 좋아서 괜찮았지만 다른 반장들은 거친 사람들도 많아. 힘들지, 힘들어."

"전 근데 일이 힘든 거는 괜찮아요. 사람들이 사람에 대한 최소한의 예의만 있으면."

반장님은 아무 대답 없이 웃었다. 한국에 갓 들어온 내가 상상하지도 못할 많은 일들을 겪고 들으셨기에 말없이 미소로만 답하였다. 나중에 반장들의 여자 보조 출연자 성폭행 기사를 통해 듣게 된 사건·사고들은 도무지 이해하기 어려운 모습이었다. 어둠 속에서 공공연하게 일어나던 일들이 취재로 적나라하게 드러난 약육강식 세계의 일부분은 한국사회의 문제를 설명하는 듯 보였다. 다만 밝혀진 모습 외에 더 있을 문제들은 예상할 수 없었다.

하지만 보조 출연에 마음을 접은 가장 큰 이유는 주변 사람들이었다. 중장년 어른들은 좋으셨다. 하지만 편하게 돈을 벌기 위하여 온 20대 후반에서 30대 초반의 생각이 나를 불편하게 만들었다. 그들과 말을 섞고 싶지 않았다. 주제 파악하지 못하고 아무 여자들에게나 질척거리는 태도, 대충 일해서 먹고 살면 된다는 생각, 생각이 없다는 사실을 확인시켜 주는 말투들, 아무리 돈이 없어도 그들처럼 살고 싶지 않았다. 유유상종이라고, 잠시 돈을 벌기 위한 목적으로 계속 그들과 지내다보면 나도 모르는 사이에 물들 것만 같았다. 두려웠다. 영어 강사를 하더라도 최대한 빨리 일을 시작할 수 있는 곳을 찾아야만 하였다. 마음이 바뀌었다.

16. 여의도

여의도에 위치한 한 영어학원에 면접을 보러 갔다. 여의도, 이 한 단어만으로도 나는 설렜다. 나에게는 로망이었다. 압구정동, 대치동, 청담동이 있는 강남보다 여의도였다. 아직도 처음 서울로 올라오던 날이 눈에 뚜렷이 그려졌다. 그 풍경, 그 느낌, 그리고 그 속에서 피어나는 야망, 소중하게 눈에 담아두었다.

초등학교 3학년이 끝나가던 겨울방학, 공무원이었던 아빠는 갑작스럽게 목사가 되겠다며 사표를 내고 신학대학원으로 가버렸다. 마흔에 맞이하는 새 학기를 준비하기 위하여 아빠는 서울로 향하는 기차를 탔고, 나는 생애 첫 서울구경을 위하여 아빠 옆자리에 앉았다. 태어나서 처음으로 오랜 시간 기차를 타고 가는 여행이었다. 부산을 완전히 벗어나 다른 도시로 놀러가는 것은 정말이지 흥분되는 일이었다. 텔레비전으로만 보아왔던 대한민국의 수도, 서울을 가게 되다니 가슴이 울렁거렸다. 대통령과 연예인, 기업가, 그들이 사는 곳. 분명 화려하고, 진취적이며, 매일 매일 새로운 하루를 맞이하는 행복에 겨운 삶들만 있다고 믿었다. 밖에서 동경하던 서울은 그러했다.

빵빵한 난방으로 건조해진 공기는 콧물마저 마르게 하였다. 뜨거운 열기로 푸석푸석해지는 느낌에 아빠 코트 밖으로 슬며시 나왔다. 무궁화호를 타고 5시간 정도 달렸다. 분명 출발할 때에는 해가 중천에 떠 있었는데, 이제는 해가 지고 어둑어둑해져 있었다. 부산 촌년이 서울 구경 왔다고 광고하듯 양 볼은 불그스름해져 있었다. 빨간 코트를 입고 부스스한 머리로 잠에서 깼다.

"딸, 다 왔다. 일어나라. 밖에 봐. 서울 다 왔다."

오른손으로 눈을 비비며 창밖을 바라보았다. 역시나 화려하였다. 63빌딩은 서울을 대표하며 위풍당당하게 솟아 있었고, 도시 한 가운데로 흐르는 드넓은 한강과 중심을 지키며 굳건히 서 있는 남산, 그 위에서 도도하게 빛을 내고 있는 남산타워, 밤을 수놓은 불빛들은 야망의 불길이 되어 타올랐다. 무궁화호의 훈훈한 기운이 마치 서울 온도처럼 느껴졌다. 삶에 대한 열정으로 살아 펄떡거리는 사람들, 한국을 대표하는 문화와 기술이 모조리 집중되어 있는 곳, 매력이 흐르고 있었다. 보는 것만으로도 그 뜨거운 온도를 느낄 수 있었다. 바쁘게 돌아가는 여의도 금융가, 뉴스 속에서 피터지게 싸우는 국회의원이 일하는 국회의사당, 텔레비전을 통하여만 볼 수 있던 연예인이 매일같이 드나드는 지상파 방송국들, 욕망의 용광로였다. 그 순간 여의도의 모습은 강렬하게 뇌리에 새겨지고 있었다. 꼭 성공하여 다시 돌아오리라. 비밀스럽게 마음 한 구석에 다짐을 심어두었다. 아무도 모르게 열심히 물도 주고, 비료도 주며 언제 찾아올지 모를 기회로 싹을 피우게 될 날을 위하여 준비하였다.

그리고 나는 여의도 한 가운데에 위치한 영어학원에서 면접을 보았다. 면접 전화가 왔을 때에 여의도라는 말이 나를 설레게 하였다. 여의도에서 일해보고 싶었다. 그렇게 일을 시작하게 되었다.

17. 첫 직장

학원 규모는 크게 신경 쓰이지 않았다. 학생 수는 나에게 달린 것이라고 생각하였다. 최선을 다하여 가르쳐, 실력을 향상시키면 자연스럽게 늘어갈 것이었다. 평소 고민하며 생각해왔던 제 2외국어 공부 방법과 학원에서 지향하는 공부 방법이 거의 비슷하여 가능성이 있다고 믿었다. 그리고 원하는 바를 이루는 것은 나의 간절함이라고 믿었다. 어떤 환경에서든 어떤 일을 하든 간절함이 모든 것을 이긴다고 믿었다. 간절함은 영감도, 노력도, 마음도 모두 들어가 있으니까. 돈도 물론 중요하지만 얼마나 간절하게 바라며 최선을 다해 사는가, 무엇을 배웠는가가 중요하다고 믿었다. 있는 힘껏 달리다 보면 자연스럽게 돈도 따라올 것이라고 믿었다. 여의도에서 직장인 대상으로 강의를 하고 있을 내 모습을 상상하니 즐거웠다.

하지만 처음 강의를 시작하게 된 곳은 여의도가 아니라 안양 끝자락에 위치한 이름도 없는 작은 보습학원이었다. 스물다섯 살의 나는 기본적인 것도 제대로 되어 있지 않은 애송이였다. 제대로 근무 조건이 명시된 계약서 한 장 없이 열정 하나만으로 일을 시작하였다. 순진하였기에 의심 없이 사람들을 믿었다. 당연히 여의도 학원에서 면접을 보았기에 단순하게 그 곳에서 강의를 하리라 예상했지만 원장은 처음에는 강의 실력이 보장되지 않는다는 이유로 출강으로 돌렸다. 틀린 말은 아닌 듯하였다. 월 100만원 남짓 하는 돈을 받으며, 새벽 여섯시 반까지 여의도로 출근하여 오전 중에는 영어 교육 프로그램과 방법에 대하여 공부를 하거나 학부모 상담을 하였고, 오후 1시가 되면 점심도 제대로 먹지 못하고 안양으로 향하는 버스를 탔다. 그렇게 1시간에서 1시간 반 정도 버스를 타고 도착하여 3시 반부터 오후 열시까지 50분 강의를, 십분 씩만 쉬며 연속으로 하였다. 중간에 저녁을 먹을 시간은 아예 없었고, 먹으러 나가는 것을 학원 측에서도 나도 원하지 않았다. 수업을 마치고 나면 40명이 넘는 학생들이 복습을 했는지를 카카오톡과 전화로 관리해야 했고, 수업과정 및 계획들을 학부모에게 전화하며 상담해주어야만 했다. 집에 도착하면 원장에게 도착했다고 문자를 꼭 해야만 했고, 하지 않으면 전화가 왔다. 하루 일과를 마치고 고시원 방에 들어오면 시간은 벌써 자정을 넘어가고 있었다. 쉴 시간이 제대로 주어지지 않는 것처럼 보이는 일정 속에서도 열심히 하여 학생들이 늘면 인센티브가 붙어 생활이 안정될 것이라는 믿음으로 버텼다. 하지만 첫 인원의 2배가 되지 않는다는 이유로 인센티브는 결국 하나도 받지 못하였다.

매월 학부모 초청 영어 관련 행사를 열기 위하여 아이들 영어 실력을 향상시켜 놓아야만 하였고, 실패 여부에 대한 책임은 전적으로 나에게 물었다. 하지만 내게 맡겨진 아이들은 대부분 영어를 제대로 읽지도 쓰지도 못하는 아이들이었다. 영어를 체계적으로 공부해본 적도 공부하고 싶은 마음도 없는 아이들이었다. 중학생의 평균 영어 성적은 10점대였고, 사춘기에 접어들어 학원도 제대로 나오지 않으려는 아이들이었다. 영어 성적을 올리기 위하여 아이들과 컴퓨터 게임 이야기도 하고 이성 친구 상담도 해주며 친해졌고, 한 학기가 끝나갈 무렵 그들은 모두 성적을 올려 나에게 보여주었다. 작든 크든 성적이 올라 나의 고된 시간들을 보상해주었다. 하루에 많아야 겨우 두 끼를 먹으며 만들어낸 결과였지만, 끝난 뒤 나의 귀로 들어야만 했던 말은 학원 물만 흐리고 떠난다는 비난뿐이었다.

그 해, 7월 여의도에서 개강을 하였다. CNN 고급 청취 훈련반, 드디어 여의도에 정식으로 입성한다고 생각하니 들떴다. 나름 열심히 강의를 준비하고 이끌어 나가려고 하였지만 학원 측에서 요구하는 프로그램만을 따라가다 보니 예상에 많이 어긋나 있었다. 답답했다. 어디서부터 무엇이 잘못되었는지 도무지 답을 찾을 수가 없었다. 그들은 강의를 제대로 하지 않기 때문이라고 말하였지만 그들 역시 그렇게 강의를 제대로 하고 있는 것처럼 보이지는 않았다. 그들 말처럼 그들이 강의를 잘하고 있다면 학원은 애초에 망하지 않았을 테니. 여의도에 있는 모든 강사들은 강의를 잘하였고, 나는 수강생들이 나를 선택하도록 만들 다른 무언가가 필요하였다.

돌파구를 찾기 위하여 마케팅 관련 책들을 주구장창 사 읽으면서 하나씩 문제점들을 고쳐 나갔다. 제일 먼저 제대로 관리되지 않아 보이는 강의실이었다. 8년째 철 지난 크리스마스 스티커가 붙어 있었고 전체적인 방 분위기는 아무리 치워도 어수선하였다. 눈에 보이는 것들, 첫인상에 영향을 미치는 요소들이 알게 모르게 학원 선택에 큰 영향을 미치는 시대에 정리되지 않은 듯한 인상을 주는 강의실 분위기는 분명 마이너스 요소였다. 대청소에 들어갔다.

왜 붙였는지 알 수 없는 스티커를 먼저 뜯어냈다. 오랫동안 붙어있던 스티커는 페인트를 벗겨내며 얼룩덜룩 자신의 흔적을 남겨두었다. 페인트를 할 여건이 되지 않자 지저분한 스티커 자국을 가리기 위하여 전지 여러 장을 사서 덮어버렸다. 수업의 기본적인 컨셉과 어떻게 수업이 진행될 것인지에 대하여 시각화하여 전지에 붙였다. 한 단어로 수업을 표현하고, 세부적으로 어떻게 실력이 향상될 수 있을지를 알렸다. 그리고 구석에는 SNS 주소들을 남겨두었다. 남는 벽면에는 발음을 정확하게 연습할 수 있도록 입 모양과 혀를 어떻게 움직이는지 보여줄 수 있는 보드를 붙였다. 그 역시도 직접 만들었다. 캐릭터처럼 보이게 만들어 윗

니와 아랫니, 목청들을 도화지로 붙였고, 혀는 리본으로 하여 움직일 수 있도록 하였다. 약간은 우스꽝스러웠지만 언제나 진지한 여의도 수강생들은 재미있어 하였다.

또한 아침 6시마다 수강생들에게 한 주 동안 제공될 영문 기사와 CNN 청취 대본에서 중요하거나 어려운 단어들 20개씩을 문자로 보냈다. 강의가 시작되기 전에 단어를 누적하며 시험을 보았고, 한 달이 끝나면 그 달에 공부했던 단어들을 정리해 작은 책자처럼 만들어 제공하였다. 그렇게 단어 공부한 분량을 볼 수 있도록 만들었고, 그들 역시 한 달 동안 외운 단어들을 보며 뿌듯함을 느낄 수 있었다. 금요일이면 경제와 관련된 다양한 주제들로 토론을 하였고, 주말에 해야 하는 간단한 영작문 숙제가 나갔다. 그렇게 영어 듣기, 읽기, 쓰기, 말하기, 4대 영역을 골고루 다질 수 있도록 수업을 구성하니 조금씩 수강생들은 긍정적인 반응을 주었다. 수업에 출석하는 사람들이 늘어났다. 난이도가 있어 등록하지 못하는 사람들은 종종 있었지만 만족도는 높아지고 있었다.

한 달 정도 지나자 예상하지 못했던 비난이 들렸다. 학원 안에는 내 편이 없었다. 원장은 나에게 꼴값을 떤다며 제 살 깎아먹기라고 비난하기 시작했다. 그들이 하지 않던 것, 사실대로 말하면 그들이 하다가 바쁘다는 핑계로 귀찮아서 하지 않던 것을 홀로 시작하자 쓸데없는 짓을 한다며 몰아세웠다. 원장은 나에게 내가 집중해야 하는 것은 여의도 강의가 아니라 보습학원에 영어 프로그램을 넣는 영업이라며 영업에 집중하도록 강요하였다. 학원 특성상 체계는 없었다. 교육청에 올라온 학원 정보를 바탕으로 전화하고, 원장들의 개인 이메일을 받아내고, 자료를 보내어 설명회에 오도록 만드는 일이었다. 설명회 날이 정해져 있지 않다면 찾아가도 괜찮았다. 원장은 분명 나에게 설명회에 오도록 만드는 것까지가 나의 책임이라고 하였다. 설명회에 들으면 등록하게 되어 있기 때문이라며 많은 보습학원 원장들이 설명회를 들을 수 있도록 만드는 것이 나의 일이었다. 하지만 설명회에 와서 등록을 하지 않자, 그 뒷마무리마저 나에게 넘겨졌다. 뭔가 이상했다. 일의 경계선들이 확실하지 않았다. 슬럼프에 빠져버렸다. 뭐가 뭔지, 무엇을 어떻게 해야 하는지 놓쳐버렸다. 그래도 주어진 일이기에 열심히 하였다. 인센티브를 생각하며 열심히 하였다.

하지만 더 이상 비전은 없었다. 남아 있다면 평생 월 백 만원도 안 되는 돈을 받으며 인생을 썩히게 될 것이라는 생각이 들자 극도의 스트레스를 받기 시작하였다. 정확히 1년이 되는 날 그만두었다. 당시 나는 제정신이 아니었던 것이 틀림없었다. 프로그램의 가능성이 있으니 언젠가는 대박날 것이라는 말도 안 되는 논리에 넘어가 죽을 둥 살 둥 노력하면 성공할 것이라 믿으며 스스로를 다그쳤다. 비전이라는 말로 미친 사람처럼 떠들어대는 논리에 현혹되어 제대로 찍히지도 않는 월급을 받으며 하루하루를 버텨냈다. 제대로 챙겨 먹지 못하는 끼니와 잘 해내야만 한다는 정신적인 압박으로 일하는 일 년 동안 응급실만 두 번 실려 갔다. 위가 고장이 났고, 음식도 제대로 섭취하지 못하였다. 스트레스로 인하여 폭식을 일삼았지만, 영양분이 제대로 흡수가 되지 않아 살은 계속 빠져나갔다. 불안한 미래에 매일 밤을 울며 지새웠으며, 예민해질 대로 예민해진 신경에 잠조차 제대로 잘 수 없었다. 잘 때에는 옷을 입지도 이불을 덮지도 못하였다. 몸에 약간이라도 거슬리는 느낌이 있으면 잠에 빠져들기 힘들었다. 눈을 감으면 너무나도 암담한 미래에 좌절을 느끼며 고통스러워하였다.

4대보험에 들지 않았다는 이유로 퇴직금도 받지 못하였다. 무지했던 나는 일을 시작할 때 물어야 하는 것들을 제대로 묻지 못하고 얻어내지 못하였다. 응급실이며 병원이며 일하면서 실려 다닌 산재에 대한 병원비로 마지막 월급마저 제대로 받지 못하였다. 그렇게 일 년 동안 내가 받았던 돈은 약 천이백만 원을 간당간당하게 넘겼다. 가장 인생에서 예뻐야 할 스물다섯은 불안과 압박에 억눌려져 간신히 하루하루를 버티며 끝이 났다. 결국 내가 결정한 선택이었기 때문에 후회하지 않으려 마음을 다잡았다. 후회한다고 변하는 것은 없으니까, 거기 있으면서 분명 배운 것들이 더 많았을 테니까, 하지만 다시는 기억하고 싶지 않은 시간이었다.

18. 욕망

지난 학원에 비교하면 이곳은 천국이나 다름없었다. 칼 같은 출퇴근, 정확하게 정해진 업무, 할 일만 제대로 하면 아무도 건드리지 않는 사람들. 덤으로 주어지는 수업 준비를 위하여 영어 원서를 읽는 여유 시간들까지. 소설을 쓰고자 영문학을 전공한 나에게는 꿈으로 향해 가는 길목에서 잠시 지친 마음과 몸을 추스르며 머무르는 곳이었다. 계산 없이 감정을 나누는 아이들, 내가 살면서 가장 많은 돈을 투자하는 사랑스러운 책들, 매달 찍히는 고정적인 월급은 평범한 삶을 지속시키며 만족감을 주기에 충분하였다. 하지만 마음은 허하였다. 가장 밑바닥에서 정체를 알 수 없는 욕망들이 들끓어 오르는 것이 느껴졌지만 제대로 다스려지지 않아 꿈마저 조금씩 기운을 잃어가고 있었다. 열심히 일해야지. 돈 받는 만큼은 일 해야지. 먹고 살아야 하잖아. 그래야 글을 쓰지. 무기력해질 때마다 스스로를 다그쳤다.

19. 나만의 공간

밤 아홉시, 모든 하루 일과가 끝났다. 일을 많이 한 것은 아니었지만, 일을 하면서 나도 모르게 느끼는 긴장감으로 버스를 타는 순간 피로가 몰려 왔다. 어쩌면 지금 하고 있는 일에서 목표와 목적의식을 찾지 못하여 무기력해져 있는 상태일 수도 있었다. 급작스럽게 몰려온 피로에 머리는 새하얘졌다. 아무 생각도 나지 않았다. 오직 집으로 빨리 돌아가 씻고 자고 싶은 마음뿐이었다.

버스에서 내려 집으로 걸어가는 길, 유독 그날따라 거리가 길게 느껴졌다. 45도 정도 시선을 바닥으로 떨어트리고 지나가는 사람들의 발끝만 바라보았다. 팔을 앞뒤로 휘휘 휘저었고, 뛰는 것도 아니고 걷는 것도 아닌 빠른 걸음걸이로 숨을 쉭쉭 내쉬며 사람들 사이를 비집고 지나갔다. 생각보다 오래 걸을 것 같아 고개를 들어 주위를 둘러보니 사람들은 술에 취하여 몸을 휘청거리며 서로에게 작별 인사를 하고 있었다. 허전한 마음에 서로를 떠나보내지 못하고 아쉬워하며 고깃집 앞에 둘러앉아 마지막 술잔이라며 연거푸 들이키는 사람들, 벌써 만취한 상태지만 집에 가기 싫은 마음에 2차를 제안하며 다른 사람들을 붙잡는 사람들. 슬픈 미소가 옅게 피었다. 아무렇지 않은 척, 담담히 내 갈 길을 걸었다. 집에 도착하여 방에 들어오니 그림 하나가 불현듯 스쳐지나갔다. 불을 켜는 순간, 눈앞에 그려진 그림은 묘한 안정감과 위로를 주었다.

초승달도 없는 어둡고 깊은 밤, 모두가 잠자리에 들었고 도시 전체가 전등이 꺼져 있었다. 한겨울 한이 서린 밤이었다. 추위를 버티기 위하여 집에서 잠을 청하였다. 도시는 높고 큰 현대식 건물들로 꽉 차 있었다. 그 사이 유독 허름한 건물이 하나 눈에 보였다. 어둠 속에서도 유일하게 불이 켜져 있는 곳, 낡은 빌라 1층 구석에 사람이 살기 위한 공간이 아닌, 창고 같은 공간. 무심히 보면 사람이 살지 않아 매우 초라하고 하찮았다. 지나가는 사람들이 사람이 사는지 안 사는지 내기하는 곳, 바깥세상으로부터 약간 들어와 숨겨진 곳, 바로 문 앞에 오토바이나 차가 세워져 있거나 사람들이 담배를 피며 침을 뱉는 곳. 하지만 유심히 들여다보면 어디보다도 따뜻한 곳이었다. 아무것도 가진 것 없는 내가 몸뚱이 하나 숨기고 버텨내기에 충분하였다. 종종 이곳에 사는 나를 보며 보잘 것 없이 느끼기도 하고, 안쓰러워하기도 하였지만, 추운 겨울 날, 몸을 피할 수 있는 나만의 공간이 있다는 사실에 매우 감사했다. 자기 연민과 사랑은 뒤범벅이 되어 그곳을 크리스마스의 마구간같이 그려냈다.

맞아. 여기는 나만의 공간이야. 역시 따뜻해. 상처 주는 사람도 상처 받을 사람도 없어. 나 자신이어도 괜찮아.

바닥에 가방을 내려놓았다. 필요한 물건들이 다른 사람의 질서가 아닌 나만의 질서로 정리되어 있었고, 조금 지저분하여도 푸근하였다. 사람들에게 잘 보이기 위하여 꾸미지 않아도 괜찮은, 나만의 견고한 성이었다.

연어가 범벅된 사료 한 그릇과 물 한 사발을 보니 마음이 따뜻해졌다. 차갑게 식어가는 마음을 고양이들이 다시 데워주기 시작하였다. 볼품없어 보이는 작은 도움이 또 하나의 생명을 구할 것이라 생각하니 뿌듯하였다.

제2장

희망고문

20. 고양이

집에 들어오면 샤워를 가장 먼저 하였다. 하루 종일 일을 하면서 묻혀온 먼지를 최대한 빨리 씻어내고 싶은 마음이 어느새 습관으로 굳어졌다. 샤워를 하지 않고 침대에 누우면 자는 동안 바깥 먼지를 모두 다 마셔버리게 될 것만 같았다. 하지만 부지런한 습관을 지키기에는 내가 너무 게을렀다. 매일 기분에 따라 달랐다. 업무 중 생긴 긴장감으로 녹초가 되어 버리면 씻지도 않고 잠을 청하거나 아니면 한 시간 정도 자고 씻거나 청소를 먼저 하고 씻기도 하였다. 변덕스러운 성격은 타고난 것일까, 아니면 무기력한 조울증 같은 것일까.

옷을 차곡차곡 벗고 화장실로 들어갔다. 화장실 세면대 위에서 굴러다니는 노란 고무줄로 머리를 정수리에 가깝도록 질끈 묶었다. 최대한 잔머리가 나오지 않도록 꽉 조여 맸다. 혹여 씻으며 움직이는 동안 잔머리가 흘러내려 걸리적거릴까, 머리핀으로 나머지 잔머리를 고정하고 머리띠까지 착용하였다. 그리고 뜨거운 물을 틀어놓고, 나오기만을 기다렸다. 서 있는 동안 양치질도 하고 화장도 대충 지워냈지만 물은 여전히 차가웠다. 온수가 또 꺼졌다. 순간 짜증이 확 올라왔다.

　짜증나.

　짧고 굵게 소리를 한 번 질렀다. 참으면 분명 스트레스가 되어 다른 일에 화를 낼 수 있으니 응어리가 지기 전에 분출해야만 했다. 수건으로 손에 있는 물기를 닦아내고, 긴 코트를 아무것도 입지 않은 몸 위에 걸쳤다. 노력이나 시간이 필요한 일은 아니었지만 샤워준비를 다한 상태에서 온수 전원을 올리러 밖으로 나가는 일을 매우 귀찮고 성가셨다. 씻지 말고 그냥 잘까 하는 고민도 잠시 하였지만 그러기에는 얼굴에 발라놓은 기름이 유독 반짝거렸다.

　빨리 다른 곳으로 이사를 가든지 해야지. 매번 온수가 이렇게 꺼지면 더 추워질 때 어떡해, 정말.

　들어주는 사람 하나 없는 공간에서 혼자 툴툴거렸다. 은근히 소심하고 게으른 성격이라 말도 제대로 하지 못하고 안으로만 삭이고 있었다. 보일러실에 가기 위하여 주차장 불을 켰다. 차 한 대만 겨우 주차할 수 있는 작은 공간으로 동네 주민들의 자전거와 스쿠터 여러 대가 너저분하게 펼쳐 있었고, 벽을 따라 떠난 사람들이 버리고 간 생활 폐기물이 쌓여 있었다. 버려진 유모차, 버려진 옥장판, 버려진 의자, 버려진 박스, 버려진 담요, 버려진 종이봉투, 매일같이 온수 전원을 올리기 위하여 나가면서 보지만 그날따라 낯설었다.

고양이. 낯선 이유는 고양이 때문이었다. 여왕처럼 높게 쌓인 박스 위에 앉아 내려다보고 있는 고양이 한 마리가 눈 안으로 들어왔다. 무심하게 쳐다보는, 전혀 예상하지 못했던 생명체와 정면으로 마주하는 기분은 썩 좋지만은 않았다. 약간 무서웠다. 다른 고양이들과 다르게 사람인 나를 보아도 눈을 피하거나 도망치지 않았다. 그리고 그 옆에 덩치가 조금 더 작은 고양이 두 마리가 버려진 유모차 속에 옹기종기 붙어 앉아 있었다. 여섯 개의 눈동자가 나를 좇았다. 나의 움직임을 주시하고 있었다. 기분이 묘하였다.

안녕.

하얀색 바탕에 검은 턱시도를 입은 듯이 보이는 고양이는 오래 전에 본 적이 있었다. 지난여름이었다. 옆 건물 고깃집 뒷문에서 마주쳤다. 건물 안 화장실 앞에 태연하게 앉아 골목을 지나가는 사람들을 구경하고 있었다. 당당한 모습이 신기하여 반갑게 손을 흔들었던 기억이 떠올랐다. 반가웠다.

안녕.

회색 바탕에 호랑이 무늬를 하고 있는 다른 고양이 두 마리는 나와 턱시도 고양이의 눈치만 살폈다. 턱시도 고양이가 도망가기라도 하면, 뒤따라 도망칠 것처럼 엉덩이를 들썩거렸다. 턱시도 고양이는 의연하게 아무 일도 아니라는 듯, 나만 바라보았고 도망치지 않을 눈치였다.

"고양아. 미안한데, 내가 지금 보일러실을 가야해서 움직여야 하는 데, 조금만 비켜줄 수 있겠니?"

순간 덜컥 겁이 났다. 길고양들이라 예방 접종이나 광견병 주사도 안 맞았을 텐데, 만약 할퀴거나 물면 바로 병원으로 가야 하나. 머릿속으로 고양이들에 대한 부정적인 이미지들이 떠올랐다. 어두운 밤, 번뜩거리는 눈으로 뛰어다니는 고양이들, 내 기억 속의 고양이들은 결코 상냥하거나 깨끗하지 않았다.

시멘트 벽 뒤에서 울던 에드거 앨런 포의 검은 고양이의 모습. 거기에 털과 꼬리를 빳빳하게 세워 눈을 치켜뜬 채 공격 자세를 취하는 모습은 섬뜩하였다. 도시에서 음식물 쓰레기통을 뒤적거리며 난장판을 만들거나, 교미하며 내지르는 울음소리는 야밤에 공포를 주기에 충분하였다. 6개월 전까지 살던 고시원 방에서 밤이면 밤마다 들리던 고양이의 울음소리가 귓가로 들려왔다. 저주의 노래처럼 들렸다.

21. 고시원

여의도에서 일을 하게 된 이후였다. 계속 서울에서 지내야만 하는데, 마땅히 지낼 만한 곳이 없었다. 신세를 질 수 있을 만큼 친하거나 여유로운 친척들도 없었다. 각자에게 주어진 삶을 살아내기도 바빴다. 친척들에게 도움을 요청하는 것을 매우 싫어하는 엄마의 영향도 있었고, 연락하기 민망한 상황이기도 하였다. 그렇게 잘난 척을 했는데, 미국 대학 졸업장 없이 한국에 돌아왔으니 면이 안 섰다. 대기업 취업이라는 금의환향을 기대하던 엄마, 아빠의 마음과 달리, 빈손으로 돌아온 딸은 자책과 쪽팔림이 앞섰다. 첫 달은 친구 자취방에 머물렀다.

그것도 잠시였다. 설날이 다가오면서 친구 부모님께서 서울에 올라오시게 되었다. 나는 비켜주어야만 했다. 당장 살 곳을 구해야 했지만 갈 수 있는 곳은 없었다. 빈방은 항상 있었다. 돈만 있으면 얼마든지 들어갈 수 있었다. 하지만 가장 중요한, 돈이 없었다. 고작 4~6평, 커봐야 8평 정도 크기의 원룸 기본 보증금이 최소 천만 원에서부터 시작하였다. 보증금도 보증금이지만 월세도 문제였다. 괜찮은 곳들은 육십만 원이 기본이었다. 거기에 수도요금, 전기요금, 가스요금, 관리비 등을 내려면 월 백만 원 겨우 받는 나에게 서울 생활 자체가 사치였다. 그렇다고 엄마에게 다시 손을 벌릴 수 없었다. 딸 하나만 바라보고 유학에 모든 것을 투자한 엄마에게 더 이상 손을 내밀며 실망시키고 싶지 않았다. 정말이지 염치없는 행동이라고 생각했다.

방을 구하러 돌아다니다 보증금 없는 고시원 방 한 칸을 겨우 얻었다. 다행히 여의도에서도 가까운 영등포였다. 반 평 정도 되는 크기에 샤워부스가 들어가 있는 방이었다. 일인용 침대 두 개만한 크기였다. 사람이 2명 들어가면 움직이기도 어려운 방이었지만, 괜찮았다. 월 삼십오만 원이면 모든 것이 해결되었다. 부차적으로 전기요금이나 수도요금 등은 내지 않았다. 기본적으로 밥과 김치, 커피, 라면 등이 항상 준비되어 있었고, 필요할 때마다 가서 먹으면 됐다. 서울에서 둥지를 튼다는 사실만으로도 매우 흥분되었다. 침대는 싱글 사이즈보다 작았지만 체구가 크지 않아 괜찮았다. 변기는 밖에 가서 공용 화장실을 사용해야 하지만 샤워부스는 방 안에 있어 기다리지 않아 괜찮았다. 창문이 없어 빛이 들어오지 않고 환풍기를 통하여서만 환기가 가능했지만 좋았다. 아늑하고 편안했다. 곧 원룸을 구하여 나갈 거니까 괜찮았다. 잠시 머무를 테니까 충분히 버틸 수 있었다.

예상보다 돈을 모으는 일은 쉽지 않았다. 6개월 정도 일했지만 당장 수중에 백만 원도 없었다. 월세 내고, 차비하고, 식사하고,

휴대폰 요금 내고, 최소한의 생활용품, 샴푸나 콘택트렌즈, 생리대 등을 사고 나면 나에게 떨어지는 돈은 없었다. 친구들과 커피한 잔을 즐기는 것도 버거웠다. 신발 밑창이 구멍이 나 비가 새어도, 새 신발을 바로 살 돈이 없었다. 극도의 빈곤 상태였다. 그래도 조금씩 남기기 위하여 버텼다. 나날이 씀씀이는 줄어들었고, 최소한의 돈으로 살아가는 방법을 터득하고 있었다. 단 벌로 계절을 나기 위하여 어두운 계통의 옷을 두 벌 정도 샀다. 한 옷을 입으면, 다른 옷은 세탁하는 식으로 번갈아가며 입었다. 신발은 오래 신어도 빨리 닳지 않도록 걸음걸이를 고치고 밑창이 두꺼운 것들로 골라 샀다. 디자인은 크게 중요하지 않았다. 생리대 사는 돈도 의외로 많이 들었다. 밖에 나갈 때마다 하나씩 꿍쳐두었다. 친구 집 놀러가서 하나 빌리고, 일하다가 하나 빌리고 하는 식으로 모아서 사용하였다. 가끔은 찝찝해도 새지 않을 때까지 버텼다. 생활의 모든 것들을 참고 간소화해야만 버틸 수 있었다. 구질구질하였다. 내가 만약 여기서 책까지 포기한다면 너무 비참할 것 같았다. 책만은 포기하고 싶지 않았다. 책 살 돈만 월급에서 빼고, 매일 이를 앙다물고 버텼다. 억척스러워질 수밖에 없었다. 나는 제정신이 아니었다.

하루에도 수십 번 모든 것을 포기하고 싶은 마음이 들었다. 가까운 마포대교에 가서 뛰어내리면 모든 것이 끝날 것만 같았다. 엄마에게 죄스러운 마음이 생겼다. 유학시절, 대책 없이 기분에 따라 돈을 쓸 때마다 엄마, 아빠는 유학 자금을 보내기 위하여 안 먹고, 안 쓰고, 안 입고 버텨냈다. 얄팍한 자존심에 나약해져 지금 포기하면 엄마, 아빠는 가지고 있던 모든 것을 잃어버리게 된다. 그렇게 만들 수는 없었다. 작은 감사함을 찾아내려 애쓰며 하루하루를 버텼다.

4개월 지났다. 조그만 방은 많지도 않은 책들로 공간들이 차버렸다. 움직임이 어려워졌다. 샤워를 하고 나와도, 일을 마치고 방에 들어와도, 아무것도 제대로 할 수 없었다. 책이 산처럼 쌓여 있었고, 공간보다 많은 책들은 정리를 하여도 통제가 되지 않았다.

그러던 어느 날 밤이었다. 자정이 조금 넘은 시간, 라면을 먹으러 고시원 주방으로 갔다. 마침 라면이 떨어져 고시원 총무에게 라면을 채워달라고 부탁하였다. 라면을 한 봉지 받으며 고시원 총무와 방에 대하여 이야기를 나누다가 우연히 복도 제일 끝에 있는 방 하나가 생각났다. 창문도 있고, 꽤나 컸던 방이었다. 기억으로는 대학 시절 기숙사만한 크기였다. 대낮 어두운 고시원 복도 끝에서 들어오던 빛이 떠올랐다.

"혹시 가장 큰 방 아직 비어있어요?"

"어디 말하는 거지, 어느 방이요?"

"그 복도 제일 끝에 있는 방이요."

"네. 아직 아무도 안 들어 왔어요."

"거기는 한 달에 얼마에요?"

"40만원이요."

"정말요? 오만원만 더 내면 돼요?"

"네. 40만원이에요."

"지금 방을 좀 봐도 될까요?"

"잠시 만요."

마음속으로 환호성을 질렀다. 방은 비어있었고, 현재 방과 비교하면 더없이 좋은 조건이었다. 크기는 1.5배에서 2배 정도 컸지만, 가격에서는 큰 차이가 없어 보였다. 사실 고시원에는 남자들이 많았지, 여자들은 많이 없었다. 여자 층은 항상 조용하였고, 사람들이 돌아다니는 것을 자주 볼 수 없었다. 총무 따라 구경 간 방은 예상보다 컸다. 1.5인용 침대가 두 개 정도 들어갈 만한 공간이었다. 2.5평정도 되는 듯 보였다. 변기도 있었고, 샤워 부스도 있었다. 침대도 넓었다. 조금 돌아다닐 수 있는 공간도 있었고, 가지고 있는 책들을 정리할만한 충분한 공간이었다. 5만원 비싼 것치고는 더 할 나위 없이 훌륭했다.

해가 뜨자마자, 주인아저씨를 찾아갔다.

"아저씨, 저 502호에서 지내는데, 방 좀 바꾸었으면 해서요."

"어느 방으로요?"

"506호요. 어제 물어보니 40만원이라고 하던데."

"누가요?"

"총무가요."

"그래요? 원래 거기 45만원인데."

"정말요?"

"네, 그래도 뭐, 그냥 옮기세요. 40만원에 해드릴게요."

"진짜요? 감사합니다. 진짜 감사합니다."

"아니에요. 방이 오래 비어있어서 누가 들어갔으면 해서 그래요."

고시원 총무의 말실수 덕분에, 나는 5만원 저렴하게 방을 옮길 수 있었다. 만약 10만원을 더 내야했다면 옮길만한 여력이 되지 않는다고 생각하여 포기하였겠지만 5만원이면 괜찮았다. 내가 해결할 수 있는 선이었다. 행복했다. 마치 대학교 기숙사로 다시 들어가는 기분이었다. 이제는 책 넣을 여유 공간도 생기고 서랍도 생겼다. 새롭게 시작하는 기분이었다. 스스로 대견스럽게 느껴지기까지 했다. 좁은 방에서 버티며 혼자 힘으로 조금 넓은 방으로 옮긴 나 스스로가 매우 기특하였다. 샤워를 하고 나면 물이 새어 바닥이 흥건해졌지만 닦으면 되니 괜찮았다. 여름에는 모기가 환풍기를 타고 들어와 잠을 깨웠지만, 이불을 잘 덮고 자면 되니 괜찮았다. 방을 얻어 나갈 때까지 충분히 버틸 수 있는 환경이었다. 그래, 이 방은 조금 더 오래 버틸 수 있을 것 같으니까 전세를 얻어 나갈 수 있도록 하자. 새 방과 함께 조금 더 큰 계획을 세웠다.

하지만 천장이 무너져 내린 하늘 위로 겁 없이 솟아오르는 전세는 나와는 상관없는 이야기였다. 월세라도 알아보고 싶었지만 보증금 역시 떨어지지 않았고, 오히려 집주인들은 월세를 더 받기 위하여 담합이라도 한 듯, 전세를 월세로 전환하였다. 도저히 엄두가 나지 않았다. 예상보다 더 머물러야만 할 것 같았다. 그래도 괜찮았다. 빚지는 것은 싫으니까 지치더라도 조금씩 버텨내며 내 힘으로 앞으로 나가는 상상을 하니 금세 기분이 좋아졌다. 그렇게 4개월이 지나고 고시원 주인이 바뀌었다.

상황이 달라졌다. 아직도 고시원 아줌마 생각을 하면 찾아가서 뺨을 한 대 힘껏 후려치고 싶다. 아니, 너무 약하다. 머리끄덩이를 잡아당겨서 머리털이 다 뽑히도록 흔들고 싶다. 주인아저씨에서 아줌마로 바뀌고 나서 갑자기 많은 것들이 변하였다. 쓰레기통 개수가 줄어들었다. 쓰레기 양을 줄이기 위하여 한 층은 완전히 쓰레기통을 없앤 것이었다. 고시원에서 기본적으로 제공해주던 라면과 커피, 녹차도 사라졌다. 김치와 쌀은 모두 중국산으로 바뀌었고, 밤이면 고시원을 지키던 총무도 사라졌다. 더이상 입구는 열려있지 않았다. 총무가 없었기에 비밀번호를 누르고 들어와야만 했다. 여자 층이었던 5층은 남자들이 하나 둘씩 들어왔다. 방을 비워두지 않기 위하여 들어오고자 하는 사람은 모조리 다 받은 것이다. 비어있던 옆방에도 남자가 들어왔다. 아침이면 옆방 남자가 소변보는 소리에 잠을 깨야만 했다. 불행

중 다행인 것은 변기와 샤워부스가 방 안에 있어 혼자 사용한다는 사실이었다. 만약 변기나 샤워부스가 없다면 남자와 같은 화장실을 사용하게 될 수도 있는 일이었다. 샤워하고 나오면서 남자와 마주친다거나 옆 칸에서 같이 샤워를 하게 된다면 어떤 일이 일어날지 몰랐다. 각 방으로 넣어주던 인터넷도 사라지고, 텔레비전 채널들도 모두 없어졌다. 겨울은 가까워오고 있었지만 난방도 제대로 되지 않았다. 방 안에서는 입김이 생겼고, 키우던 선인장도 얼어 죽었다. 고시원 총무가 없어 밤만 되면 주방은 난장판이 되었다. 기본적으로 제공되는 밥과 김치도 제대로 준비되어 있지 않았다. 그래도 괜찮았다. 그냥 신경 안 쓰고 최대한 열심히 일하여 빨리 방을 구해 나가면 된다는 생각으로 버텼다. 스스로를 달랬다. 하지만 상황은 점점 불안해져만 갔다.

적은 돈은 아니었지만 여기를 선택한 것은 안정성의 이유가 컸기 때문이다. 아저씨가 운영할 당시에는 고시원 총무도 있었고 사람도 가려 받았다. 정확하게 여자 층과 남자 층이 나뉘어 있었다. 밤늦게 빨래를 하러 고시원 옥상에 가도 위험하다는 생각이 전혀 들지 않았다. 간혹 옥상에서 담배를 피우고 있던 남자들도 있었지만 전혀 위협적으로 보이지 않았다. 그냥 평범한 학생이나 직장인 정도였다. 입구를 열어 놓아도 밤새 총무가 지키고 있어 걱정되지 않았다. 조심하는 것은 당연하였지만 극도로 불안해하거나 긴장하지 않았다.

그러나 아줌마로 바뀌고 나서부터 항상 불안했다. 빨래를 하러 가는 것, 고시원 주방에 가는 것도 모두 무서웠다. 방 밖으로 나가면 최대한 빨리 움직여야만 했다. 아줌마는 매달 10만 원을 더 벌기 위하여 신원이 정확하지 않는 사람들에게 주소를 빌려주었고, 여관처럼 지내다 가는 사람들도 받았다. 동네 싸구려 여관으로 변해가고 있었다. 처음 들어올 때에는 분명 20대 대학생, 직장인 여자들이 함께 사용했던 층이었지만 아줌마가 오고 나서는 40대 이상의 남자들이 늘어났다. 한번은 주방에 라면을 먹으러 갔을 때였다. 물을 올려놓고 휴대폰으로 신문기사를 읽고 있는데, 60대로 보이는 중국인 아저씨가 다가와 말을 걸었다.

"여기서 지내요?"

"네? 뭐."

"이름이 뭐예요?"

"그건 왜?"

"한국 사람들 중국인 싫어해요?"

"네?"

"예상치 못한 질문에 너무 당황하였다."

"한국 사람들은 왜 중국인 싫어해요?"

"저도 잘 모르겠어요."

무서웠다. 공포감이 밀려들었다.

"싫어하면 안 돼. 서로 도우면서 어울려 살아야지."

"예. 그렇죠. 뭐."

　너무 무서워 끓이던 라면을 그대로 두고 방으로 돌아왔다. 젊은 여성이라면 누구나 자정이 넘은 시간에 신원을 정확하게 알 수 없는 나이 든 남성이 다가와 말을 거는 일에 공포심을 느낄 것이다. 싫은 내색을 하지 못하는 나는 아무 말도 하지 못했다. 검색 포털 사이트에 올라온 고시원 정보에 악플을 다는 일뿐, 제대로 말 한 마디도 하지 못했다. 다시 한 번 다짐하였다. 최대한 이사를 빨리 해야만 한다고, 선택 사항이 아닌 필수적으로 꼭 그렇게 해야만 한다고 다짐하였다. 하지만 아무리 계산기를 두드려보아도 답은 나오지 않았다. 그렇게 그곳에서 7개월을 더 머물렀다. 밤마다 고양이 울음소리에 스트레스를 받으며 내가 처한 현실을 원망하였다. 저주하는 주문처럼 고양이들은 울었다.

22. 온수

순식간에 빠져 들어간 옛 악몽에 몸서리를 쳤다. 머리를 좌우로 세차게 흔들며 머리를 쥐어뜯었다. 그 때 생각하지 마. 너만 힘들어. 잊어버려. 빨리 온수 켜고 들어가서 샤워나 하고 자. 다 그쳤다. 온수 버튼을 누르기 위하여 조금 앞으로 움직이자 한 마리가 급히 도망쳤다. 그리고 나머지 두 마리도 옆에서 지켜보며 금방이라도 도망갈 모양새를 보였다. 아무 이유도 없이 고양이 특유의 기분 나쁜 울음소리를 내며 나를 할퀴거나 물것만 같았다. 만약 할퀴거나 물면 전염성이 강한 이름 모를 질병에 걸려 죽을 것만 같았다. 최소 광견병 정도는 걸리지 않을까, 걱정이 들었다. 떨리는 마음으로 보일러실 자물쇠 비밀전호를 맞추는데 손이 떨려 잘 되지 않았다.

야옹.

엄마!

바들바들 떨리는 손으로 온 신경을 집중하고 있던 나는 예기치 못했던 소리에 그만 놀라 자지러지고 말았다.

야, 갑자기 소리를 내면 어떡해. 나 놀랬잖아.

고양이들은 내가 지른 비명에 놀라 벌써 달아난 후였다.

완전 놀랐네.

괜한 민망함에 무엇이라도 내뱉어야만 했다. 자물쇠를 열고 온수 버튼을 눌렀다.

나쁜 고양이 같으니라고.

한 마디라도 더 하지 않으면, 고양이들과의 기 싸움에서 진 기분이 들 것 같았다. 문을 있는 힘껏 닫고 방 안으로 들어왔다. 다시 화장실에 들어가는 순간까지 계속 시부렁거렸다.

망할, 고양이들은 왜 갑자기 찾아오고 지랄이야. 한 번도 보인 적 없다가 왜 생뚱맞게 나타나서 사람을 놀라게 해. 한밤중에 무섭게 쳐다보지를 않나, 지금 나랑 뭐하자는 거야, 정말.

물을 틀자 차가운 물이 머리를 내리쳤다.

차가워. 추워, 춥다고. 갑자기 이러는 게 어디 있냐고. 그런데 곧 날씨가 많이 추워질데, 고양이들은 어떻게 버틴데? 털이 있다고 안 추울까. 추울 거 같은데, 얼어 죽는 거 아니야?

하지만 금방 나를 감싸는 따뜻한 물은 쓸데없어 보이는 걱정들을 모두 하수구로 흘려보냈다.

그래, 나랑 무슨 상관이야. 지금 내 몸 하나 추스르기도 힘든데, 아무튼 오지랖은.

23. 어두운 터널

수건으로 몸에 묻은 물기를 닦아냈다. 수건을 의자 위에 하나 깔고 의자에 앉았다. 글을 쓰겠다는 핑계로 컴퓨터를 켰다. 컴퓨터가 켜지기를 기다리는 동안 나는 자연스럽게 스마트폰을 들었다. 아무런 의식을 하지 못하고 페이스북과 인스타그램을 훑어보았다. 작은 화면 속으로 빨려 들어가듯 유심히 쳐다보았다. 모두들 웃으며 호화스럽고 행복한 시간을 즐기고 있었다. 내가 살아가고 있는 시간과는 비교도 할 수 없을 만큼 아름다워 보이는 시간이었다. 어디에서 다들 돈이 생기고 시간이 나는지 여행도 많이 다니고 비싸 보이는 음식도 양껏 즐겼다. 일도 하고, 연애도 하며, 주어진 청춘의 순간을 알차게 보내고 있었다. 사랑하는 사람들과 마음을 나누고, 자신들만의 추억을 만들며, 그들의 청춘은 아픔이나 슬픔, 후회 따위가 감히 넘볼 수 없어 보였다.

어디서부터, 무엇이 잘못되었기에, 나는 이렇게까지 무너진 것일까. 삶이 이렇게까지 허망하게 흘러가고 있는 것일까. 내가 어떤 잘못된 선택을 하였기에 혼자서 지지리 궁상을 떨고 있는 것일까. 어디서부터 풀어나가야 하는 걸까. 과연 내가 풀 수는 있는 문제들일까. 옛 친구들이 올려놓은 단편적인 시간들을 보고 있자니 마음 한 편이 답답해왔다. 머리가 무거워졌다. 미국에서 공부를 하다가도, 한국에 돌아와 일을 하다가도, 언제나 나는 꿈속에서 길을 헤매고 있었다. 어두운 터널 속에서 어렴풋이 보이는 희미한 빛을 따라 하염없기 걸었다. 한치 앞도 내다볼 수 없는 상황에서 사방으로 어둠은 나를 삼키기 위하여 호시탐탐 노리고 있었다.

그렇다고 냅다 포기하고 주저앉아 울 수도 없었다. 두려웠지만 이제껏 걸어왔던 시간들을 포기할 수는 없었다. 웃는 엄마, 아빠의 얼굴이 눈앞에서 스쳐지나갔다. 엇나가지 않고 미국에서 홀로 버텨준 나를 자랑스럽게만 바라보던 그들의 눈빛에 실망을 안겨주고 싶진 않았다. 나만을 바라보며 버텨준 그들에게 배신할 수 없었다.

정말 존재하는지, 존재하지 않는지 알 수 없는 흐릿한 점을 따라 멈추지 않고 걸었다. 심장이 터질 것만 같고 숨이 차올라 목을 조여 온다고 하여도 멈추지 않았다. 힘들면 속도를 늦추고 마음이 급하면 뛰었지만 절대 멈추지 않았다. 멈출 수 없었다. 만약 힘들다고 멈춰버린다면 한 발 뒤에서 나를 노리고 있던 절망이 그림자가 되어 나를 덮쳐버릴 것이 뻔하였다. 그 순간 모든 것이 물거품이 되어 사라지기 때문이었다.

그렇게 버텨냈다. 어디서부터 무엇이 잘못되었는지 찾아 상황을 바꿔보기 위하여 끊임없이 질문을 던졌다. 어떤 선택들을 했는지, 선택이 어떤 결과를 불러왔는지, 하루에도 수십 번씩 물었다. 그리고 결론은 하나였다.

없는 형편에 이기적인 욕심만을 앞세워 부모님 등골을 빼먹은 유학생활, 그 뿐이었다. 만약 미국에 가지 않았더라면, 평범하게 한국에서 학교를 다녔었더라면, 굳이 집을 팔 필요도, 대출을 받을 필요도 없었다. 만약 미국에 가지 않았더라면, 평범하게 한국에서 학교를 다녔었더라면, 내가 살던 동네를 떠날 이유도, 돈이 없다고 무시당할 일도 없었다. 만약 미국에 가지 않았더라면, 평범하게 한국에서 학교를 다녔었더라면, 페이스북에 보이는 친구들처럼 지극히 일상적이고 소소한 행복을 느끼는 시간들을 보내고 있을 지도 모른다. 그들처럼 연애하고, 일하고, 친구들과 만나 술잔을 기울이기도 하며, 평범한 하루를 보내고 있을지도 모른다. 눈물도, 슬픔도 없이 오직 웃음만 가득 머금고 살아가고 있을 것이다.

24. 작가의 꿈

내가 생각해낼 수 있는 노력은 글을 쓰는 것뿐이었다. 포기하지 않고 꾸준히 써내려 가는 것. 솔직히 잘 모르겠다. 글을 쓴다고 어떤 삶의 변화가 생겨날지, 감흥이 전혀 없었다. 그냥 아무 것도 하지 않고 시간을 보내기에 인생이 더없이 헛헛하고 답답하여 글이라도 쓰려는 것은 아닌지 의아해졌다. 겉으로는 인생의 진리를 깨달으며 삶이 주는 진정한 행복을 느끼기라도 하는 듯 떠들어 대지만 속은 외롭다. 고독이라고 말하기에는 조금은 천박한 감정, 외로움, 육체적으로 정신적으로 홀로 설 수 없기에, 혼자인 현실을 마주할 힘이 없기에 외로웠다. 현실을 피하기 위하여 글을 썼다. 글을 쓰는 순간만큼은 머지않아 삶의 변화가 찾아올 것만 같은 희망이 생겼다. 상상한 대로 현실을 바꾸어줄 마법을 거는 작업 같았다.

정확하게 언제부터 작가를 꿈꾸었는지 기억나지 않는다. 기억도 제대로 나지 않을 만큼 사소했던 순간들이 모여서 꿈을 만들어냈다고 믿었다. 처음 작가를 생각하게 된 것은 고등학교 3학년 때 정도로 추측했다. 생각한 대로 원하는 것을 쉽게 얻었다.

대학 입시 문 앞에서 처음 좌절이라는 것을 겪었다. 원하는 대학에서 합격통지서를 받지 못하였다. 내가 갈 수 있는 대학은 없어 보였다. 최선을 다하지 않았지만 눈앞에 벌어진 상황의 비참함에 빠져있었다. 마음에 그림자가 드리우기 시작했다. 무엇을 해야 할지 몰랐다. 포기하고 싶었다. 마음속에 있는 그림을 글로 적어내며 버텼다. 잔인하더라도 미친 것 같아보일지라도 적어 내려갔다. 무작정 글로 마음을 비우니 한결 가벼워졌다. 그 순간 잠시 글로 사람들을 위로하는 사람이 되고 싶은 마음이 들었다. 작가의 꿈이 나에게도 다가왔다.

글로 밥 먹고 살기 어려운 한국사회에서 작가를 꿈꾸기는 어려웠다. 어린 시절부터 철저하게 자본주의적 시각으로 인생을 바라보았던 나는 작가의 길을 선택하기가 두려웠다. 대학 진학과 취업을 당연하게 생각하며 현실적인 삶을 위하여 이상을 포기하도록 강요하는 사회에서, 가난한 직업의 대명사인 작가를 선택하는 것은 어지간한 배포를 갖고 있지 않으면 힘들었다. 작가의 꿈을 가슴 한 편에 묻고 경제학을 공부를 하였다. 경제학과를 졸업하여 여의도 금융가로 직장을 잡을 계획이었다. 경력이 쌓이면 애널리스트가 되고 싶었다. 계획은 있었지만 중심을 잡아줄 만한 삶의 목표가 없었다. 단지 열심히 공부하여 사람들이 만져보지 못할 정도로 큰돈을 주무르며 떵떵거리고 싶은 마음이었다. 무시하던 사람들을 돈으로 보기 좋게 눌러주고 싶었다. 워

렌 버핏처럼 주식투자를 통하여 한국에서 알아주는 부자가 되고 싶었다. 그렇게 되지 않더라고 괜찮았다. 경제학을 전공하면 그래도 취업은 어렵지 않을 것이기 때문에 어떻게든 먹고 살 수 있을 것이라고 믿었다.

새로운 환경에 적응하며 정신없이 일학년이 폭풍처럼 지나갔다. 부모의 그늘에서 벗어나 홀로 혹독한 성인식을 치러내야만 했다. 혼자라는 사실을 우울해하며 울기도 하고 내일이 없다는 듯 즐기며 미친 사람처럼 쉴 틈 없이 웃기도 하였다. 믿고 의지하던 사람에게 버려지기도 하고 사람들에게 외면을 당하기도 하였다. 행복한 미래를 그려 가면서도 정성들여 준비하던 작은 바람들이 부서지기도 하였다. 바닥을 향해 떨어지기도 하고 다시 날아오르기도 하였다. 어른이 되기 전에 삶의 무게를 감당하기 위한 준비 운동을 하고 있었다. 곧 시작하게 될 험난한 인생길을 생각해서 몸을 풀었다. 어떻게든 버텨내기 위하여, 이겨내기 위하여, 그러면서 작가의 꿈이 싹을 틔웠다. 어른이 되어가는 과정을 글로 적어 남기고 싶었다. 나와 비슷한 길을 가고 있는 사람들과 나누며 위로가 되고 싶었다. 힘들지만 함께 이겨내자고 말하고 싶었다. 작가가 되기로 선택하였다.

하지만 그 마음은 오래가지 못하였다. 작가의 꿈은 젊은 날에 한 번씩 찾아오는 허무맹랑한 객기라고 믿었다. 정신을 차리고 보니 2학년이 되었다. 꼭 성공하여 내가 누군지 보여주겠다는 악 하나만 남아 있었다. 버텨내서 성공하고 싶었다. 워렌 버핏까지는 아니더라도 꼭 성공하여 그들을 내 앞에서 무릎을 꿇리고 싶었다. 그렇게 악에 차있는 마음 깊은 곳에서는 벌써 작가의 꿈이 싹을 틔웠다. 문학을 공부하고 싶은 욕망은 모든 미움을 잠재웠다. 문학에만 집중하고 싶었다. 어느새 작가의 꿈은 지나가다가도 보일 만큼 커져 있었다. 답이 딱딱 떨어지는 공식으로 정의를 내리고, 재무제표를 외우고, 경제의 흐름을 배우는 일에 나름대로 즐거움을 느끼고 있었지만, 글을 심도 있게 읽고 분석하며 나의 주장을 뒷받침하는 것은 더욱 희열을 느끼게 하였다. 글을 쓰는 연습도 하고 싶었다. 제한된 시공간 속에서 떠오르는 생각과 감정을, 하루에도 수차례 스쳐지나가는 영상들을 글로 적어 남기고 싶었다. 삶과 죽음, 사랑에 대하여 깊이 파고 들어가보고 싶었다. 어떠한 계산도 없이 순수하고 글 속으로 파묻혀 있고 싶었다. 깨달은 것들을 가지고 세상과 소통하고 싶었다. 인생이 무엇인지, 왜 포기하지 않고 버텨내야만 하는지, 살아가는 이유가 무엇인지, 이야기 나누고 싶었다. 인생이라는 숲에 드리운 밤, 우리를 노리는 정체 모를 짐승 울음소리에 두려워 바들바들 떨며, 우리에게 주어진 가장 기본적인 본능, 생존을 포기하고 상황에 이끌려 다니는 사람들에게 삶이 무엇인지 이야기해주고 싶었다. 느낌이 왔다. 내가 해야 하는 일이라는 느낌이 왔다. 글을 통하여 사람들에게 힘을 주어야 한다는 열망이 강렬하게 피어올랐다. 시작이 어떠하든 무슨 상관이랴, 원대한 꿈은 떨쳐내어지지 않았다.

세상에 외치고 싶던 말은 너무나도 많았지만 하지 못하였다. 어떻게 하는지 몰랐다. 하지만 작가가 된다면, 그것이 나의 일이 되었다. 상상만 하여도 뿌듯해졌다. 희망은 뭉게뭉게 피어올랐다. 혹시 모를 일이었다. 후에 삶에 대한 날카로운 통찰과 섬세한 표현들로 노벨 문학상이 주어질지도. 다른 사람들이 들으면 꿈에서 깨어나라며 혀를 차겠지만 상관없었다. 막연하게 그려진 머릿속 청사진을 따라 영문학으로 전공을 바꾸었다. 그리고 다짐하였다. 어떤 일이 있어도 끝까지 한 번 가보겠노라고, 마지막 순간에 꼭 승자가 되어 보겠다고, 그리고 꿈은 그 순간부터 발전하였다.

선택의 순간에도, 글을 쓰던 순간에도 확신은 쉽게 사라지지 않았다. 젊은 날의 객기로 선택한 것이 아니라고, 한순간 요동치는 욕망으로 작가의 길을 선택하지 않았다고 믿었다. 무의식중에 쌓여온 무수한 고민과 계획들이 차곡차곡 쌓여, 예상하지 못한 답을 내놓은 것뿐이었다. 사람들은 모두 반대하는 길, 오직 나만을 믿고 가야만 하는 길, 그 길 위에서 받게 될 조롱과 비난은 어쩔 수 없는 덤이었다. 하지만 오랜 시간 동안 환경이 열리지 않고, 상황이 생각처럼 풀리지 않자, 내가 맞는 선택을 했는지에 대한 회의가 찾아들었다. 사람들의 말처럼 비현실적인 꿈을 좇다가 인생이 꼬여가는 것은 아닌지. 그들이 말하는 평범한 삶, 대학을 졸업하고 대기업을 다니다가 때가 되면 결혼을 하고, 아기도 한둘 정도 낳고 키우다가 시간이 남으면 그 때 글을 써도 괜찮지 않을지. 스스로를 질책하는 질문들이 마구잡이로 쏟아져 나왔다. 순간 심장의 가장 밑바다에서 뜨거운 한 마디가 불쑥 튀어나왔다.

씨발, 좆까.

25. 성공에 대한 믿음

아무 것도 변한 것 없이 새로운 하루를 맞이하였다. 당장 주어진 문제들을 해결하러 옷을 챙겨 입고 문을 나섰다. 오후 12시가 조금 넘어 출근길에 올랐다. 어김없이 아이들에게 치이다 밤이 되어서야 집으로 돌아왔다. 날씨도 꽤 추워져 겨울이라고 해도 괜찮을 것 같았다. 곧 있을 수능만 지나면 본격적인 겨울이 시작된다. 빨리 집으로 돌아가 번데기처럼 이불에 파묻혀 자고 싶었다. 일초라도 빨리 집에 도착하겠다는 일념 하나로 걸었다.

그런데 집 앞에 도착하자 문득 궁금해졌다. 호기심이 생겼다. 고양이들이 있나 없나 확인해보고 싶었다. 조심스럽게 주차장 불을 켜고 버려진 유모차로 향했다. 몸은 최대한 움직이지 않고 소리가 나지 않도록 고개만 빠끔히 들여다보았다. 고양이 세 마리가 옹기종기 사이좋게 붙어 앉아 올려다보았다.

안녕.

서로에 대하여 경계한 채 눈인사만 나누었다. 자신들을 해치지 않을까 하며 나를 위에서 아래로 천천히 훑어보았다.

안 춥니. 이제 곧 겨울인데 너희는 어떻게 할 계획이니?

대답은 하지 않고 쳐다만 보았다. 눈을 마주치고 있자 턱시도를 입은 녀석이 엉덩이를 들썩거리며 도망갈 준비를 하였다.

그냥 있어. 내가 갈게.

손사래를 치며 발걸음을 돌리려 하는데 오히려 움직임에 놀란 고양이들은 황급히 자리를 떴다. 어찌나 빨리 달아났는지 주위를 돌아보아도 그림자 하나 보이지 않았다.

내가 간대도.

괜히 서운한 마음이 들어 혼자 툴툴 거리며 집으로 들어왔다. 문이 닫히는 소리와 함께 침대에 몸을 던졌다. 눈을 감았다. 어둡고 긴 생각의 터널 속으로 빨려 들어갔다.

넌 뭘 그런 거 가지고 혼자 서운해 하고 그래. 한두 번도 아니면서, 너도 알잖아. 인생은 어차피 혼자야. 잘해주면 무시당하고 사람들은 깔보는 거, 너도 알잖아. 아무리 진심을 다해 잘해줘도 사람들은 자신이 필요한 것만 쏙 빼먹고 버린다는 거, 알잖아. 왜 그래, 새삼스럽게.

미안한데, 아까 그건 사람이 아니고 고양이였거든. 그리고 난 모르는데. 난 세상은 함께 살아가는 거라고 배웠는데.

화상아, 화상아. 함께 살아간다는 말은 약해 빠진 놈들이나 자위하려고 만들어낸 논리일 뿐이야. 힘 센 놈들 중에서 누가 함께 살아가야 한다고 말하디? 선거철 빼고. 다 지 앞길 찾아가기 바쁘지. 자기 입 하나 풀칠하기 힘든 세상인데, 넌 뉴스도 안 보냐? 돈 앞에서는 부모도, 자식도, 형제도 없는 게 인간이야. 지금 너 혼자 희망고문 같은 거 하지 마. 세상에는 믿을 놈 하나 없다. 그렇게 당하고도 모르겠니?

그건 그냥 그런 사람들의 이상한 것일 수도 있잖아. 또 다른 세상일수도 있잖아. 매우 특이한 경우니까 텔레비전이나 뉴스에 나오는 거겠지.

미친! 정신줄 어디다 가져다 놓았냐. 시사 뉴스를 봐라, 특이한 경우가 그렇게 자주 많이 일어나냐. 그리고 누가 그렇게 너를 챙겨주던? 지금 당장 너 연락 안 되도 누가 너를 애타게 찾아 줄 것만 같니?

그래도 엄마, 아빠는 찾아주겠지.

똥 싸네.

어두운 터널 속에서 두 자아가 격렬하게 싸웠다. 직접 경험하며 알게 되는 인생은 학창 시절 교실에서 배우던 이론과 엄청난 차이를 보였다. 교실에서는 분명 함께 힘을 모아 살아가는 것이 인생이라고 배웠다. 사람을 소중히 여기고, 주어진 것들에 감사하며 최대한 재능을 활용하여 사회에 긍정적인 영향을 미치는 것, 널리 세상을 이롭게 만드는 것, 그것이 인생이라고 배웠다. 선은 악을 이기며, 최선을 다해 있는 힘껏 노력하면 더 좋은 방향으로 결과를 만들어 낼 수 있는 것이 인생이라고 배웠다. 인생은 길기에 끝까지 서로를 믿으며 함께 버텨야 한다고 배웠다. 진심으로 삶을 대하면 분명 합당한 보상을 받는다고 배웠다. 하지만 직접 부딪히며 알게 된 삶은 전혀 다른 모습을 하고 있었다.

살아가기 바쁘다는 핑계로 주위를 둘러보지 못하고 오직 자신만의 이익을 계산하는 것이 현실이었다. 하루가 다르게 사라지는 사랑으로 우리는 이성을 뛰어넘는 잔인함을 보여주기 시작하였다. 자신과 조금만 달라도 받아들이지 못하였으며, 조금 더 가졌다는 이유만으로 다른 사람을 무시하고 대접받기를 원하였다. 채워도 채워지지 않는 욕심으로 언제나 부족함을 느꼈으며, 가진 자들은 없는 자들의 마지막 속옷 한 장까지 빼앗으며 자신의 배를 채우기 급급하였다. 재능은 더 이상 하늘이 준 선물이 아니었다. 거대한 사회라는 시스템 속의 부품이 되기에 방해되는 존재일 뿐이었다. 다른 사람들이야 어떻게 되든지, 자기 하나만이라도 살아남아 제도가 세워놓은 견고한 피라미드의 꼭대기로 올라가기 위하여 아등바등 거렸다. 세상은 악이 지배하고 있는 듯 보였으며, 선은 멍청한 생각에 불구하였다. 돈만 있다면 악이 얼마든지 선이 될 수 있는 것이 세상이 말하는 이치였다. 최선을 다하여 일을 하는 자세는 사서 고생하는 멍청이가 되는 지름길이었으며, 변화를 시도하다가 인생에서 낙오자가 될 것이었다. 하지만 인생을 다 살아보지 않았기에 아직 결말은 보지 못하였다. 나름 최선을 다하여 믿고 버티고 있다고 믿었지만 진심에 대한 대답은 받지 못하였다. 만약 그에 대한 결말이 허망한 죽음뿐이라면 삶을 버텨내야 할 이유는 없었다.

그래, 성공할거니까 괜찮아. 버틸 수 있어. 그들이 지금은 내게 가진 것이 없다고 무시한다고 하여도, 나중에는 내가 더 큰 부와 명예, 권력을 손에 쥐게 될 테니까, 괜찮아. 멀지 않았어. 그들이 틀렸다는 사실을 알거야. 그때가 되면 그들은 너에게 와서 친한 척하며 머리를 조아리겠지. 지금 그들이 무슨 말을 하든 간에 그 냥 흘려들어. 절대 마음에 새기거나 상처받지 마. 뭐 어때? 그들은 그들이 노력해서 얻은 것이 없잖아. 다 부모 것이지. 그게 쪽팔린 거야. 지금 나는 내 거고, 내 인생을 살아가잖아. 그들은 낮은 자존감으로 나에게 상처를 주면서 자존심이라도 세우려고 하는 거, 뻔히 알잖아? 병신들 때문에 힘들어하지 마.

미국에 있을 때, 거울을 보며 매일 밤마다 했던 말이었다. 부모가 벌어다 준 돈으로 허세를 부리며 나를 무시하려고 하는 사람들을 만나고 집에 돌아오는 길이면 마음속으로 수십 번이고 곱씹으며 위로하였다. 이 생각들은 단지 일시적인 위로 하는 말이 아닌, 나에 대한 믿음이었다. 성공에 대한 믿음. 나는 결코 의심하지 않았다. 날이 갈수록 버티기 힘들어지는 상황에서 믿음이 옅어가기는 하였지만 아직도 가슴 밑바닥에서는 강하게 요동치고 있었다. 다만 티를 내지 않고 숨길 뿐이었다. 이런 생각들을 표현하였을 때 오히려 웃음거리가 될 수 있다는 사실을 배웠기 때문이었다.

26. 나는 흙수저

공무원이셨던 부모님으로 인하여 유복한 유년시절을 보내었다. 특히 일 때문에 하나 뿐인 외동딸에 대하여 제대로 신경을 써주지 못하였던 엄마는 또래에 비하여 용돈을 많이 쥐어 주었고, 내 주머니 속에는 언제나 용돈으로 가득 차 있었다. 물질적으로 풍요로운 생활을 하였다고 생각했지만 유학 시절 만났던 사람들을 보니 나의 유년은 지극히 평범하며, 때로는 가난해보이기까지 하였다. 문화 충격이었다. 분명 나와 같은 또래인데 그들의 씀씀이와 나의 씀씀이 사이에는 엄청난 차이를 보였다. 나는 지하상가에서 아무렇지 않게 만 원짜리 옷과 가방을 사 입었었지만, 그들은 그런 옷들의 존재조차 몰랐다. 그들에게 만 원대의 옷들은 생활이 매우 힘든 사람들이나 돈이 없는 노숙자들을 위한 것이라고 생각하였다. 어떤 이는 언제나 내가 입는 옷을 못마땅하게 여겼다. 그는 나를 볼 때마다 오만상을 다 쓰며 한 마디 하였다.

"옷 좀."

짜증을 듬뿍 담아 입 밖으로 뱉어낸 두 단어는 제대로 된 옷 좀 사 입으라는 의미였다. 그는 나와 친하다고 생각하여 나를 생각하는 마음에서 좋은 뜻으로 했을 수도 있다. 조금만 옷에 신경을 써서 괜찮은 옷을 사 입었으면 하는 바람이었을 수도 있다. 하지만 현실적으로 정말 그들이 말하는 괜찮은 옷을 살 여건이 되지 않는 나에게 그 말은 상처였다. 곧이곧대로 받아들인 내게 비수처럼 꽂힐 뿐이었다. 그렇다고 앞에서 티를 내고 싶지 않았다. 상처를 받고 싶지도 않은 마음이었기에 얼굴색 하나 바꾸지 않고 무신경하게 한마디 해주었다.

"괜찮아요. 그건 나중에 내 돈 내가 벌어서 하면 돼요."

나의 반응을 보던 그는 매번 기분 나쁜 표정을 지었다. 아마 그는 생각해주는 마음을 거절당하였다고 느꼈을지 모른다. 하지만 불행하게도 나에게는 그의 마음까지 헤아려줄 수 있는 여유가 없었다. 어느 정도 보장된 물질적 풍요가 마음의 여유를 선사해주기 때문에 나보다 여유로운 사람이 받을 상처까지 배려할 수 없었다. 기분이 상한 그는 톡 쏘듯 말하였다.

"니가 나중에 아무리 많이 번다고 하여도, 나한테는 안 돼."

듣는 순간 기가 찼다. 자존심이 상하였다. 그들은 그들이 일하지도 않고 얻은 부를 가지고 나를 무시하는 꼴이 같잖았다. 말로라도 지고 싶지 않았다.

"그건 가봐야 알죠."

마음으로 다시 한 번 다짐하였다. 꼭 이기고 말거야. 그들이 버텨낼 수 있는 무게와 내가 버텨낼 수 있는 무게는 절대 비교할 수 없어. 시간이 지나서 보자. 그 때는 내 앞에서 무슨 말을 하는지 보자. 하지만 사회에 나와 마주한 현실은 녹록치 않았다. 그의 말이 사실처럼 느껴졌다. 흙수저는 아무리 노력하여도 금수저를 따라가지 못하는 것이 현실인 듯하였다. 결코 간격이 좁혀질 것처럼 보이지 않는 현실과 이상의 괴리는 나를 더더욱 고립시켰다.

자정이 조금 지난 시간에 잠을 깼다. 화장도 지우지 않고 방바닥에 얼굴을 부비며 자고 있었다. 점차 정신이 돌아오자, 자괴감이 찾아왔다.

병신아. 왜 이렇게 게으르냐. 빨리 씻고 책이라도 읽고, 글도 좀 쓰고 하면 덧나냐?

그러한 생각도 잠시, 화장을 지우자마자 다시 잠에 빠져버렸다. 현실로부터 도망가고 싶은 마음으로 꿈길에 빠져 들었다. 꿈에서라도 상상하는 하루를 살아보고 싶었다. 나는 강한 의지의 사람이 아니었나보다.

27. 부산 전포동

며칠 사이에 아침 바람이 많이 차가워졌다. 추위가 뼈에 사무쳤다. 겨울이 바로 눈앞에 다가왔다. 아침 내내 늑장을 부리다 출근 시간이 다 되어서야 겨우 몸을 움직였다. 샤워를 할 시간도 없었다. 감지 않은 머리를 올려 묶고 기본 피부 화장만 하였다. 안경을 쓰니 없어진 눈썹이 휑한 느낌이 있어 눈썹을 살짝 그렸다. 어제 입었던 옷을 입고 문을 나섰다. 순간 느닷없이 고양이들이 나타났다. 고양이 세 마리는 문이 열리는 소리에 놀라 요란스럽게 도망쳤다. 조금 서운하였다. 바로 옆에 살면서 나의 인기척에 매번 놀라 도망가는 고양이들이 미웠다. 그래도 나름 이웃사촌인데.

이웃사촌, 단어만으로도 마음을 따뜻하게 만들어 주었다. 친척들처럼 피는 섞이지 않았어도 가까이에서 함께 살아가다보니 어느 순간 가족처럼 끈끈해져버린 관계, 매우 정겹다. 사실 이웃사촌이라는 단어에 애착을 가지게 된 지는 그렇게 오래되지 않았다.

고시원에서 살 때, 아침 알람을 듣고 눈을 떴다. 알람을 끄기 위하여 몸을 일으켜 세우려고 하였지만, 목에 담이 심하게 걸려 몸을 움직일 수가 없었다. 조금이라도 힘을 주어 상체를 일으켜 세우려고 하면, 수백, 수천 개의 작은 바늘이 척추를 따라 사정없이 찌르는 것 같은 고통이 느껴졌다. 침대에 가만히 누워 있어야만 했다. 누군가에게 연락을 하여 도움을 요청하고 싶었지만 휴대폰이 책상 위에 있었다. 손이 닿지 않았다. 막상 연락을 한다고 하여도 마땅히 연락할만한 사람이 없었다. 평일 낮 시간, 나를 위하여 당장 달려와 줄 사람도 없었다. 이웃이 어떤 사람인지 관심조차 없는 삭막한 서울 한복판에서 홀로 누워있었다. 나 역시도 누가 옆방에서 살아가고 있는지 알려고 노력조차 하지 않았다. 생각에 빠져들었다.

만약 이러다가 못 일어나면 어쩌지. 휴대폰 배터리도 얼마 안 남았을 텐데 휴대폰이 꺼지면 어쩌지. 스물다섯, 꽃다워야만 하는 나이에 이렇게 좁아터진 고시원 방에서 혼자 죽어 가야만 한다니.

비참해졌다. 아무것도 이루지 못하였다. 이대로 삶을 마감한다면 내가 불쌍할 것만 같았다. 인생이라는 전쟁에서 승리를 위하여 치열하게 싸우다 영예롭게 전사하는 것이 아니라, 반 평도 안 되는 고시원 방에서 벌거벗고 드러누워 자다가, 목에 담이 와 움직이지 못하여 굶어죽은 나의 모습을 상상하니 허무하여 눈물이 흘러내렸다. 고시원에서 초라하게 생을 마감하게 될 현실도

슬펐지만, 죽는 순간까지도 울리지 않을 휴대폰이 더 서러웠다. 결국 세상에는 나 혼자였다. 그렇게 세상과 단절되었다.

어린 시절, 전포동이라고 불리는 부산 황령산 중턱에 위치한 작은 동네에서 살았다. 경제적으로 풍요롭지 못한, 조금씩 부족한 사람들이 빼곡히 세워진 다가구주택에서 옹기종기 모여 서로의 체온을 느끼며, 의지하며 살았다. 마주칠 때마다 서로의 안부를 물으며, 서로의 사정을 기억하고 관심을 기울였다. 돈을 잘 벌든 못 벌든 크게 의식하지 않았다. 아이들은 공부를 잘하든 못하든 함께 어울려 놀았고, 돈이 없으면 외상으로 잠시 허기진 배를 채울 수 있었다. 동네 어귀를 지나갈 때마다 마주치는 어른들에게는 큰소리로 반갑게 인사를 드렸고, 아주머니들도 매일 같은 자리에서 수다를 떨었다. 동네에서 한 사람이 쓰러지면 함께 걱정하였고, 관심을 가졌다. 아무개 집에는 숟가락이 몇 개이고, 젓가락이 몇 개이며, 아이들이 몇 명이 있고, 몇 살인지, 속속들이 알고 있었다. 산 밑으로 학교를 다녔다. 학교를 마치면 학원으로 가는 것이 아니라, 운동장에서 뛰어 놀기 바빴다. 어느 정도 뛰어 놀다, 동네 친구들이 모이면 함께 장난치며 동네로 올라왔다. 걱정 없이 떠들고 웃으며 생기를 더해주었다. 해가 지면 저녁을 먹으러 자연스럽게 집으로 돌아가는, 정이 있기에 평화롭고 일상적인 일상이었다. 그곳에서 외로움은 찾아볼 수 없었다. 슬픔이 드리운다고 하여도 그곳에선 함께였다.

중학교에 진학하기 전, 아파트로 이사를 가게 되었다. 내 기억 속 아파트는 정서적 교도소였다. 경비 아저씨와 동네 슈퍼 아주머니, 목욕탕 때밀이 아주머니, 분식집 아저씨, 중국집 아저씨와 인사도 하고 안부도 물으며 친밀하게 지냈지만, 막상 옆집 아주머니와는 친하지 않았다. 엘리베이터에서 마주치면 눈인사 정도만 나눌 뿐, 교류는 전혀 없었다. 윗집과는 사이가 좋지 않았다. 밤낮을 모르고 뛰어다니는 아이들이 만들어내는 층간 소음으로 인하여 감정이 좋지 않았다. 다세대주택에 살 때에는 밖에서 뛰어 노느라 바빠 집에 들어올 생각조차 제대로 하지 못하였지만, 아파트에 살고 난 후부터는 방에서 컴퓨터와 텔레비전을 보며 대부분의 시간을 보냈다. 그때 외로움이 찾아왔다. 갓 중학생이 된 내게 찾아왔다.

28. 사료와 연어

출근길, 다시 고양이를 마주하는 순간 선택의 기로에 섰다. 고양이들에게 손을 내밀 것이냐, 외면할 것이냐. 걱정들이 넘쳐나 머리가 분주하였다

날씨가 점점 추워지는데 어떻게 해야 하지. 길고양이들은 어떻게 겨울을 나지. 알아서 겨울은 날 수 있을까. 만약 영하로 떨어지게 되면 동사하는 거 아닐까. 만약 우리 집 앞에서 얼어 죽으면 사체는 어떻게 치워야 하지. 그래도 겨울을 날 수 있게 집이라도 만들어 줄까, 아니면 고양이들 밥이나 좀 줄까? 그런데 만약 내가 밥을 주게 되면, 야생에서 살아남는 법을 잃는 것은 아닐까. 만약 그렇게 되면 내가 책임져야만 할 텐데, 어떻게 하지. 내가 과연 끝까지 책임질 수 있을까. 나 하나도 책임지기 버거운데, 세 마리는 조금 힘들 것 같은데. 맞다. 그런데 사실은 무서워서 고양이를 만지지도 못하는데. 아프게 되면 잡아다가 병원에 데리고 가야하는 데. 내가 할 수 있을까. 설마 고양이 밥 준다고 캣맘처럼 벽돌 맞는 건 아니겠지?

마구 솟아나는 걱정들로 머리는 쉴 새 없이 돌아갔다. 주머니

에서 펜과 종이를 꺼내 떠오르는 질문들을 끄적거렸다. 질문 목록을 작성해나가자, 어느 정도 질문이 정리가 되었다. 길고양이들의 겨울에 대하여 조금 더 알아야 질문에 대답을 할 수 있을 듯하였다.

초록색 검색창에 길고양이 겨울나기를 치자, 예상보다 많은 이야기들이 나왔다. 많은 사람들은 벌써부터 길고양이들에게 밥을 주며, 그들이 겨울을 날 수 있도록 돌보아주고 있었다. 얼마 전 일어난 캣맘 벽돌 사건에도 불구하고, 그들은 자신이 옳다고 믿는 일을 꾸준히 이어나가고 있었다. 길고양이들을 돌보는 일, 나 혼자만 하는 일이 아니라는 확신이 들자 조금 안심되었다. 일을 하면서도 온통 고양이 세 마리의 겨울에 대한 고민만이 머리를 채우고 있었다. 어떤 선택을 해야 후회하지 않을지, 정답을 찾기 위하여 끝없이 떠오르는 질문에 대답을 하며 고민을 따라다녔다. 지속적으로 돌보아주어야 했기 때문에 답은 쉽게 내릴 수 없었다.

퇴근길, 바람이 매서워졌다. 확실히 겨울이 왔다. 내일만 지나면 비가 올 것이고, 비가 오고 나면 기온은 한 번에 뚝 떨어질 것이다.

"전기장판을 꺼냈고, 겨울옷도 다 꺼냈으니, 됐네, 됐어. 괜찮네, 괜찮아. 잘 준비했네. 그런데 고양이들도 괜찮을까?"

고양이들이 문득 떠올랐다.

"몰라, 몰라, 나도 몰라. 뭐, 어쩌라고. 어쩌라고! 나도 몰라."

길 한복판에서 팔다리를 공중에 세차게 흔들었다. 머리를 떠다니던 질문들이 떨어져 나갔다. 사료를 사러 마트로 발걸음을 돌렸다. 고양이들을 돌보기로 결정을 내렸다. 하루 종일 인터넷으로 찾아낸 가격 대비 질이 가장 좋다는 사료 한 봉투를 사들고 콧노래를 부르며 돌아왔다. 마음이 묘하게 들떴다.

고양이들의 식사를 준비하기 전에, 먼저 유모차를 확인하였다. 추워지는 날씨를 이겨내기 위하여 고양이 세 마리는 옹기종기 붙어 앉아 서로의 체온을 나누고 있었다.

"안녕. 배 많이 고프지? 내가 곧 밥 갖다 줄게. 어디 가지 말고, 기다리고 있어."

혹여 고양이들이 놀라 도망칠까, 조심스럽게 걸어 방으로 들어왔다. 알 수 없는 흥분이 방을 메웠다. 흥이 절로 났다. 어깨가 들썩거려지고 입에선 노래가 흘러나왔다. 가방은 바닥에 내동댕이 쳐버리고, 일회용 그릇 두 개를 꺼내 들었다. 하나는 사료를, 다른 하나는 물을 가득 담았다. 배불리 먹었으면 하는 마음으로 샀던 고양이용 연어도 함께 비볐다.

"세 마리나 있는데, 이 정도면 부족할까, 더 먹어야 하지 않을까?"

처음 주는 고양이 사료에 얼마나 먹을지 감이 오지 않았다. 내가 많이 먹으니, 고양이들도 많이 먹을 것만 같았다.

"그래, 다다익선이라고 했어. 많이 먹으면 좋지, 뭐."

연어가 범벅된 사료 한 그릇과 물 한 사발을 보니 마음이 따뜻해졌다. 차갑게 식어가는 마음을 고양이들이 다시 데워주기 시작하였다. 볼품없어 보이는 작은 도움이 또 하나의 생명을 구할 것이라 생각하니 뿌듯하였다.

그래, 이런 작은 선택들이 모이면 분명 세상은 밝아질 거야.

나는 더 이상 혼자가 아니었다. 이 생각, 낯설지가 않았다.

29. 장기 기증과 헌혈

벌써 일 년 반이 지난 것 같았다. 월급도 제대로 받지 못하며 우울한 나날을 보내던 때였다. 일을 하면서도 삶의 의미를 찾지 못하고 힘들어하던 시간이었다. 인생에서 아픔은 한 번에 몰아닥친다. 삶에서 모든 면이 절망적이었다. 정서적 방황으로 일에서도 바닥이었고, 연애에서도 삽질을 하고 있었으며, 밥벌이도 제대로 하지 못하여 부모님과의 갈등도 최고조에 달하고 있었다. 삶에 대한 확신이 없었다. 내일은 불안하였고, 나는 어디로 가야하는지, 어떻게 살아내야만 하는지에 대하여 어떤 실마리도 찾지 못했다. 그리고 그날은 유독 봄비가 부슬부슬 내렸다.

절망 속에서 버티는 힘을 얻기 위하여 글을 적고 싶었다. 내 손으로 연필을 잡고 직접 글을 쓰고 싶었다. 무참히 짓밟힌 구슬픈 청춘의 노래를 부르고 싶었다. 무너져 내려가는 나를 적나라하게 글로 남기고 싶었다. 분명 나는 이겨낼 것이니까, 이겨낸 후 읽게 되면 힘이 될 테니까, 누군가에게 위로가 될 테니까.

200자 원고지를 찾아 여의도를 떠돌아 다녔다. 큰 서점 문구점에 당연히 있을 것이라고 생각하였지만, 컴퓨터로 원고를 작성하는 시대에 대학 논술 연습용 천자 원고지 외에는 찾기 어려웠다. 그렇게 물으며 돌아다니다, 교보생명 지하에 위치한 오래된 문구점에서 원고지를 찾아냈다. 저녁 사 먹을 돈으로 원고지를 한 뭉텅이 샀다.

기쁜 마음으로 원고지를 옆구리에 끼고, 한 손에는 지갑을, 한 손에는 우산을 들고 다시 학원으로 돌아갔다. 봄비라고는 하였지만, 날은 결코 따뜻하지 않았다. 발길을 서두르며 걷고 있는데, 국민은행 앞에서 생전 본 적 없었던 사람이 갑자기 우산 속으로 뛰어 들었다. 늑대의 유혹에 나오는 강동원처럼 잘생긴 남자가 들어왔더라면 좋았으련만, 현실은 비영리단체에서 후원금을 모으기 위한 설문 조사였다. 다른 날 같았으면 내 갈 길이 바빠 차갑게 거절하였겠지만, 그 날은 그냥 친절하게 대하고 싶었다. 춥고 비오는 날, 무엇을 위하여 알지 못하는 사람들에게 거절당할 두려움을 이겨내고 행동하는지 궁금하였다.

"안녕하세요, 시간이 괜찮으시다면 설문 조사에 참여해주실 수 있으신가요?"

"네, 뭐."

으슬으슬해지는 몸으로 마음마저 얼어붙어 말은 부드럽게 나오지 않았다. 사무적이고 차가운 대답이 주변 공기를 얼어붙게 하였다. 아무 말 없이 서서 설문조사 문항에 체크만 하였다. 마지막 질문에 다다르자 옆에 서 있던 여자는 어색한 침묵을 깨고

단체가 하는 일에 대하여 설명하기 시작하다. 크게 관심은 생기지 않았다. 무슨 말을 하는지, 이야기가 귀에 들어오지 않았다. 마지막 질문을 읽자 낯이 뜨거워졌다. 직설적으로 설문 조사 참여 후, 생각이 바뀌어 후원할 생각이 있는지 물어보았다.

여전히 그 때, 내가 왜 그런 선택을 하였는지 모르겠다. 춥고 비오는 날, 비옷을 입고 상대가 어떤 반응을 보이든 개의치 않고, 열정적으로 자신들을 소개하며 후원을 받기 위하여 노력하는 모습에 감동해서였는지도 모르겠다. 독거노인을 돕고 싶은 마음에서 그랬을 수도 있지만, 치열하고 빠르게 돌아가는 여의도 특유의 쌀쌀맞고 냉정한 증권가에서, 사람들에게 거절 속에서도 웃으면서 대하는 그들에게 한 표 던져주고 싶었던 마음이 더 컸다. 홀린 듯 후원하겠냐는 항목 옆에 있는 '예'를 표시하고, 계좌번호를 적어주었다. 내 코가 석자인데, 누가 누구에게 기부를 하겠다는 건지, 후원증을 받고 돌아서니 걱정이 시작되었다. 나 자신이 미련한 곰처럼 느껴졌다.

그런데 이상하게 발걸음은 가벼웠다. 생각들이 긍정적으로 바뀌기 시작하였다. 삶에 대한 의욕도 조금씩 되살아났다. 엘리베이터 안에서 시간을 되돌려 생각해보았다.

왜 지금 내가 기분이 좋지?

무엇이 마음을 가볍게 만들었지?

무엇이 삶에 의욕을 더해주었지?

분명 외출하기 전에는 먹구름이 가득했던 마음이 외출 후에는 햇살이 여리게 비추고 있었다. 외출하기 전과 후, 달라진 것이라고는 손에 들고 있는 원고지와 후원증 뿐이었다. 누군가를 도울 수 있다는 마음에서 그런가? 엘리베이터를 내리는 순간, 마지막 질문이 뇌리를 스쳐 지나갔다. 사회에서 쓸모없는 존재가 된 듯 느끼며 무의미해진 시간들로 삶의 의욕을 잃어버리고 있었다. 할 수 있는 일이 아무것도 없어 보이는 현실에서 존재 가치가 사라지고 있었다. 하지만 작은 기부를 통하여, 만난 적은 없지만 도움이 간절히 필요한 누군가에게 손을 내밀어 따뜻한 밥 한 끼를 대접할 수 있다는 상상을 하게 되니, 더욱 열심히 살아 많은 사람을 돕고 싶어졌다. 먼저 손을 내밀며 나의 존재 가치를 찾게 되었다.

갑자기 실험을 하고 싶어졌다. 정말 누군가에게 도움이 된다는 생각이 생기를 불어넣을 수 있을지, 직접 느끼고 싶었다. 컴퓨터 앞에 앉아 장기 기증에 대하여 검색하였다. 장기 기증만 있는 줄 알았는데, 조직 인체 기증이라는 것도 있었다. 화상 등으로 인하여 피부가 없어진 사람들에게 피부 이식을 할 수 있도록 인체조직을 기증하는 것이었다. 장기 기증 서약서와 조직 인체 기증 서약서를 모두 인쇄하여, 경건한 마음으로 한 글자, 한 글자, 또박또박 채워나갔다. 물어보는 문항이 많지 않아 오래 걸리지는 않았다. 다만 신중하게 적으며 마음의 결정을 내리는 것이 중요하였다. 빈 칸들이 꼼꼼하게 채워진 서약서 두 장을 팩스로 보냈다. 하나는 장기 기증을 위하여, 다른 하나는 조직 인체 기증을 위하여.

다음 날, 팩스를 받은 담당자로부터 전화가 왔다. 그리고 일주일 후, 주민등록증에 붙이는 스티커가 내 이름 앞으로 도착하였다. 동그란 분홍색 스티커 두 개를 주민등록증 사진 옆에 붙이니, 마치 대단한 일을 해낸 것 같은 기분이 들었다. 더 이상 내 몸이 나만의 것이 아니었다. 인생은 어떻게 될지 아무도 모르는 일이었다. 내일 당장 사고를 당하여 죽을 수도 있었다. 하지만 그렇게 하여 죽는다고 하여도 어떤 누군가는 내가 기증한 장기로 인하여 새 삶을 살 수 있을 것이다. 장기 기증을 통하여, 죽더라도 결코 완전히 죽지 않는 불사조가 그려졌다. 내 장기는 내 몸이 아닌 다른 사람들 몸에서 계속 살아가게 될 테니까. 그림이 여기까지 완성되자, 심장이 후끈 달아올랐다. 뜨거워졌다. 만약 누군가가 기증을 받더라도 건강한 장기를 기증 받았으면 하는 마음마저 들었다. 나만의 것이 아니니, 사명감을 가지고 건강하게 관리해야만 했다. 오랜만에 식욕이 돌기 시작하였다. 작은 변화가 일어났다. 스트레스로 한동안 입에도 대지 않던 밥을 의식적으로 챙겨 먹었다. 건강해져야만 했다.

후원금이 꾸준히 통장을 빠져 나가는 것과는 달리, 뜨거운 마음은 오래 지속되지 못하였다. 4개월 쯤 지나자, 통장에서 꼬박

꼬박 나가는 후원금이 짐처럼 느껴졌다. 내가 당장 쓸 돈도 없는데, 통장을 털어가는 것만 같아 짜증이 났다. 정말 봉사활동에 잘 쓰이고 있는지 의심도 생겼다. 부정적인 생각들이 나를 지배했다. 돈에 쫓기는 현실에 지쳐갔고, 풀리지 않는 문제들로 모든 것들이 원망스러웠다.

하늘이 유독 맑던 가을날, 알록달록 물든 낙엽을 바라보며 길을 걸었다. 나를 제외한 모든 사람들은 연인이나 가족과 함께 정을 나누며 여유로운 한 때를 거닐었다. 같은 길을 걸었지만, 홀로 우중충한 기운을 내뿜었다.

여기는 어디지?

나는 누구지?

나만 왜 혼자지?

세 질문만을 끝없이 곱씹었지만 정답은 찾을 수 없었다. 양 어깨에 고독이라는 두 글자를 짊어지고 사람들 사이를 걸었다. 영등포역 앞 건널목에서 신호를 기다리기 위하여 멈춰 섰다. 고독감이 몸에 배어 있어 고개까지 숙여버리면 웅크린 모습이 더 초라해 보일 것 같아 일부러 고개를 힘껏 치켜들었다. 그 때, 헌혈의 집이 눈에 들어왔다. 헌혈의 집 앞에는 어린 학생들이 봉사시간을 채우기 위하여 노란 조끼에 피켓을 들고 줄지어 서있었다. 오형 피가 부족하다며, 헌혈이 급하다는 메시지가 눈에 띄었다. 무엇인가에 이끌리듯 안으로 들어갔다.

고운 피부에 부드러운 인상을 가진 할머니께서 직접 번호표를 뽑아주시며, 2층에서 문진 검사를 먼저 하도록 안내해주셨다. 순한 양이 된 기분이었다. 미국에서도 몇 차례 헌혈을 해봤다. 가끔씩 헌혈을 하여 피를 뽑으면 건강에 좋다는 생각이 있었다. 오래된 피는 빼내고, 새 피를 만들어내면, 혈액순환에 많은 도움이 될 것 같았다. 밥 대신 먹었던 고기와 빵으로 살이 뒤룩뒤룩 쩌 피가 순탄히 돌지 않아 장기가 힘들어하는 듯 느껴질 때마다 헌혈을 하였다. 신기하게도 헌혈을 한 날이면 숙변을 보았다. 하지만 한국에 돌아와 한 번도 헌혈을 하지 않았다. 시간이 나지 않는다는 것이 가장 큰 변명이었다. 그다지 해야겠다는 마음이 생기지 않았다. 그 날은 헌혈을 해야 할 운명이었다.

긴 문진 끝에, 헌혈 침대 위로 올랐다. 걱정이 앞섰다. 미국은 소독약이 남지 않고 다 사용할 때까지 빠닥빠닥 문지르는데, 한국은 한 번 슥 닦아내는 수준이었다.

"저, 소독약 많이 남은 거 같은데, 크게 원 그리면서 빡빡 닦아주세요."

"네."

간호사는 뭐 이런 인간이 다 있나 하며 웃었다.

"감사합니다. 미국에서 하던 방식에 익숙해져서 그런가 봐요."

"아니에요. 그럴 수도 있죠. 한국에서는 그렇게 하면, 옷에 묻는다고 싫어하시는 분들이 많으세요. 원래 그렇게 하는 게 더 좋죠.”

“그럴 수도 있겠네요.”

“조금 따끔할 수 있어요.”

간호사는 바늘로 찌를 것을 경고하였다.

조금 따끔하지 않던데,

혼자 중얼거렸다. 육체적 고통을 잘 참지 못하는 나에게는 식은땀이 나는 순간이었다. 팔을 계속 움찔움찔 거렸다.

“계속 움찔하시면 바늘이 제대로 들어가지 못해서 다시 찔러야만 해요. 잠시만 텔레비전 보고 계세요.”

“네, 살살해주세요.”

울먹거리며 대답했다. 깊은 숨을 한 번 들이 마시고 숫자를 셌다. 바늘이 들어오는 순간, 나도 모르는 사이에 소리를 질렀다.

“많이 아프셨어요?”

“네, 헌혈은 해도 해도 적응이 잘 안 되네요.”

가볍게 웃어보였다. 피가 몸에서 빠져나가는 장면을 보는 동안, 간호사는 증정품 목록을 가져다주었다.

“이 중에서 하나 고르시면 되요.”

“좋네요. 저는 시식권으로 주세요.”

“네.”

미국에서는 손바닥만 한 크기의 과자 한 봉지와 물 한 통을 주는데, 한국에서는 선물을 준다는 사실이 놀라웠다. 달달한 디저

트가 먹고 싶었지만 돈이 없어 못 먹고 있었는데, 마침 시식권으로 먹을 수 있게 되어 행복해졌다. 평온한 마음으로 몸에서 빠져나가는 피를 바라보았다. 새빨간 피가 흔들거리는 봉투 안으로 들어가는 모습을 보고 있으니, 내가 아직 죽지 않고 살아가고 있다는 현실이 받아들어졌다. 생명력이 다 된 피가 빠져나간 빈 공간을 새로운 힘이 채워가고 있었다.

피가 부족해 죽어가는 사람들이 피를 받게 될 것이다. 얼굴도 한 번 보지 못하는 누군가와 피를 나눈 사이가 될 것이다. 나는 그에게 삶에 대한 희망을 주며, 그는 나에게 삶의 의미를 깨닫게 해주었다. 인류가 하나로 연결된 듯 그려지는 상상의 나래는 힘찬 날갯짓을 시작하였다.

그래, 사람은 결코 혼자가 아니야. 우리는 모두 알게 모르게 연결되어 있고, 작은 선행을 할 때면 비밀스럽게 느낄 수 있어.

30. 행복감

　살며시 문을 열고 밖으로 나갔다. 나만 조용히 움직였다고 느꼈을 수도 있다. 사실은 들뜬 마음으로 쫄래쫄래 나갔으니까 말이다. 슬리퍼 소리가 나지 않도록 발가락 끝에 힘을 꼭 주고 스위치를 켰다. 어떤 모습으로 놀고 있을까, 궁금했다. 높은 곳에 앉아 내려다보고 있던 턱시도 고양이는 없었다. 아무 일도 없었다는 듯 훌쩍 떠나 버렸나 싶어 울적해졌다. 정도 한 번 나누어 보기 전에 떠났다고 생각하니 슬펐다.

　그래도 설마 떠났을까? 방금까지 분명 여기 있었는데.

　밥그릇과 물을 양 손에 들고 슬리퍼를 발가락으로 움켜진 채 바들바들 거리며 유모차 쪽으로 향했다.

　있어라. 있어라. 제발 있어라.

　있기를 간절히 바라는 마음으로 실눈을 떴다. 살짝 뜬 눈 사이로 고양이 세 마리와 눈이 마주쳤다. 고양이 특유의 크고 검은 눈동자로 말똥말똥 거리며 쳐다보고 있었다.

　안녕. 내가 밥 가져왔어. 한 번 먹어봐. 음식물 쓰레기통 뒤적거리지 말고.

혹시 큰 소리가 나면 고양이들이 놀라 달아날까봐, 최대한 조용히 아무런 소리도 내지 않고, 물그릇과 밥그릇을 바닥에 놓았다. 하지만 예상했던 것보다 나의 움직임이 컸던 모양이다. 놓는 동시에 모두 도망가 버렸다. 괜히 섭섭한 마음이 들었다.

지들 생각해서 마트까지 가서 밥 사왔는데, 마음도 몰라주고, 맛도 안 보고 그냥 가버리네.

고양이들이 살짝 미웠다.

"왜 도망 가냐. 기껏 생각해서 멀리서 사왔는데. 나중에라도 맛있게 먹어라. 연어도 넣었다."

아무렇지 않은 듯, 한 마디를 툭 던지고 돌아섰다. 어디로 갔는지 그림자조차 보이지도 않는 고양이들에게 들리도록 일부러 발소리를 크게 내며 문을 세차게 닫았다. 방으로 들어와 바닥에 흐트러져 있는 사료와 캔을 보니, 괜스레 궁금해졌다. 두근거렸다.

먹을까? 먹었으면 좋겠다.

바닥에 쭈그려 앉아 방청소를 하였다. 도망가던 고양이들이 다시 생각나자 걱정되었다.

사료를 이대로 다 버려야 하는 건 아니겠지, 괜한 돈을 쓴 건 아니겠지.

잠시 바닥에 엉덩이를 붙이고 앉아 뒤도 돌아보지 않고, 어둠 속으로 뛰어 들어가 숨어버리던 고양이들을 다시 떠올려 보았다. 오지랖 넓게 괜히 참견한 것만 같아 마음이 적적해졌다. 가라앉는 기분을 띄우기 위하여 노래를 틀었다. 널브러진 사료 봉투와 캔, 일회용 그릇들을 쭉 둘러보았다. 다시 정리를 시작하였다. 오랜만에 한 청소였다. 침대 위에 널려져 있던 겉옷을 세탁기에 넣어 빨래를 돌렸다. 책상 위에 펼쳐진 책들을 책장에 꽂았다. 하루살이가 사정없이 날아다니던 음식물 쓰레기도 버리고, 설거지도 하였다. 방은 점점 제자리를 찾아가고 있었다. 정리된 방처럼 내 삶도 제자리를 찾았으면 좋겠다는 마음이 들었다.

오랜만에 한 청소로 먼지를 뒤집어 쓴 느낌이었다. 샤워를 하고, 다시 컴퓨터 앞에 앉았다. 흥분된 마음을 가라앉히고, 이야기를 쓰기 위하여 키보드에 손을 올렸다. 문득 머릿속에서 물음표가 떠올랐다.

밖에 추운데, 고양이들은 돌아왔을까, 밥이랑 물은 좀 먹었을까?

타자를 치면서도 고양이들 생각은 머리를 떠나지 않았다. 잠에 들면서도 고양이들이 밥을 먹었는지 확인해보고 싶었다. 하지만 참았다. 처음 밥을 주면서 생색내는 것처럼 보였다.

다음 날 아침, 태양이 떠올랐다. 아침이 오기를 기다리는 느낌, 날이 밝자마자 눈을 뜨는 기분, 상쾌하였다. 오랜만이었다. 눈이 떠지자마자 밖으로 나갔다. 고양이들이 먹었는지 확인하고 싶은 마음이 급했다. 후다닥거리며 나가보니 고양이들은 없었지만

사료는 깨끗하게 비워져 있었다. 다 먹었다. 뿌듯해졌다. 마음이
훈훈해졌다.

그래, 살아있는 생명체들끼리 서로 도우면서 살아가야 하는
거지. 그게 인생이지, 그렇지. 그래야만 우리가 살아있다는 사실
을 느낄 수 있지. 잘 선택했어.

우리 집 앞에 찾아온 고양이 세 마리는 어떤 일이 있더라도 꼭
끝까지 책임지고 말겠다고 스스로에게 약속하였다. 마치 세상의
진리를 깨달은 듯한 기쁨이었다.

같은 시간에 꾸준히 밥을 주면 고양이들이 야생성을 잃어버릴
수 있으니, 불규칙적으로 가져다 줘야지. 만약 나 때문에 길에서
살아남기 어려워지면 안 되잖아. 고양이들이 내가 주는 밥을 먹
다가, 다른 길고양이들에게 괴롭힘을 당하면 안 되잖아. 모르는
사람들이 보면 밥 꽤나 준 캣맘인 줄 알겠네.

행복해졌다. 무엇이 나를 이렇게까지 즐겁게 만들어 주는 지
궁금해졌다. 오랜 자취 생활이 선물해준 사무치는 외로움에서부
터 이제는 벗어날 수 있는 기회를 얻은 기대감이었을까, 아니면
사람이 아닌 또 다른 생명체와 연을 맺으며 마음을 나누고 살아
가게 될 기대감이었을까, 아니면 아무것도 가진 것 없는 나지만,
작은 도움으로 살아있는 생명체에게 직접적으로 도움을 주는 행
복감이었을까, 아니면 누군가에게 도움을 주면서 나의 존재 가
치를 인정받는 기분이어서 일까. 무엇이 나를 기쁘게 만드는지

중요하지 않았다. 다만 순간의 감정에 충실할 뿐이었다.

31. 세 친구

홀로 버텨온 서울 생활에 든든한 세 친구를 만났다. 누구에게도 하지 못했던 이야기를 털어놓아도 괜찮은 친구들, 나에게 비난의 화살을 돌리지 않을 친구들, 있는 그대로의 나를 보여주어도 괜찮은 친구들.

누군가에게 내 이야기를 한다는 것은 자살 행위나 같았다. 사회에서 진심으로 나를 이해해주는 사람을 만날 수는 없었다. 앞에서는 웃지만 뒤에서는 나에 대하여 어떤 말을 할지 모르는 사람들에게 속마음을 이야기하는 것은 스스로 무덤을 파는 것과 같았다. 이해하지 못하여 갖게 되는 걸리적거림은 당장은 겉으로 나타나지 않는다고 하여도 언제 손가락질로 바뀌어 돌아올지 몰랐다. 아무리 같은 행동이라고 하더라도 내 위치에 따라, 상황에 따라 말이 달라지기 때문에 사람들에게 내가 어떤 생각으로 그들을 대하고 삶을 살아가는지 웬만해서는 입 밖으로 내지 않았다.

서로를 제대로 알지 못하는 데에서 오는 막연한 기대감으로 관계를 이어간다. 그리고 우리는 그 기대감을 충족시키기 위하여 노력하며 관계를 유지하지만, 만약 기대에 부응하지 못한다면 그에 따른 비난의 돌도 맞아야만 했다. 신기하게도 사정없이 날아오는 돌에 아무리 맞아도 굳은살이 생기지 않아 언제나 처음처럼 아팠다. 상처는 온전히 내 몫이었다. 약간은 가볍게 행동한다고 하더라도 사람들이 내가 무슨 생각을 하는지 읽어내지 못하도록 신경을 썼으며, 내가 어떤 사람인지 들키고 싶지 않았다. 그저 한 발자국 뒤에서 관찰할 뿐이었다.

하지만 고양이들은 달랐다. 우선 동물들은 가식이 없다. 항상 그들이 느끼는 대로 대해주며, 진심으로 다가가면 진심으로 다가왔다. 내가 어떤 이야기를 털어놓는다고 하더라도 조용히 들어주었고, 어떤 비난도 판단도 하지 않았다. 나에 대하여 근거 없이 떠돌아다니는 소문으로 나를 판단하지 않고, 오직 둘만의 관계에서 서로를 알아가고 맞추어 갈 것이다. 계산 없이, 서로를 진심으로 생각하는 마음 하나면 괜찮았다. 상처받지 않으려 피하거나 보호하지 않아도 괜찮았다. 서로를 향한 진실한 마음만이 관계를 유지해주는 유일한 힘이었다.

32. 평범한 이야기

    일상이 바뀌었다. 텅 비어있는 어두운 방이 싫어 도심을 떠돌아다니던 시간들도 끝났다. 학원을 마치고 바로 집으로 돌아왔다. 술자리에 갈 시간은 없었다. 고양이들에게 밥을 주어야만 했다. 집에 도착하자마자 사료부터 챙겨 고양이들에게로 갔다. 언제나 고양이들은 유모차에 쪼르륵 앉아 나를 반겨주었다. 그들은 추워지는 날씨 속에서도 서로를 핥으며 자신의 존재를 확인하고 있었다.

    "길냥이들아, 밥 왔다."

    고양이들은 나를 한 번 올려다보았다.

    "밥 들고 왔어. 먹어봐."

    유모차 옆에 조심스럽게 쭈그리고 앉아, 그릇을 바닥에 내려놓았다. 아직 경계심이 풀리지 않은 고양이들은 발자국 소리도 내지 않으려 천천히 걸어 내려와 냄새를 맡았다.

    "안 해쳐. 그냥 맛있게 먹으면 돼. 그 모습이 보고 싶은 거야. 대신 내 이야기나 좀 들어주면 좋지. 세상에 공짜는 없잖아. 밥값 정도로 생각해."

고양이들은 무슨 말인지 하는지 이해했다는 듯 바닥으로 내려와 기지개를 폈다.

"힘들면 책을 많이 읽는 편인데, 요즘은 책을 많이 읽고 싶어진다. 마음이 많이 허전해서, 무엇인가로 채우고 싶어서, 혼자 있는 시간이 너무 외로워서, 글을 계속 읽지 않으면 다른 생각으로 못 버틸 것 같아서 말야. 책을 읽고 싶은데 서점에 가면 읽고 싶은 책이 없어. 사고 싶은 책이 없어. 어떤 책이 내가 듣고 싶은 말을 해줄 수 있는지 감이 오지 않더라."

"왜?"

"응?"

"왜 없었냐고?"

"너 말도 하니?"

"아니, 그냥 네가 듣는다고 생각하는 거뿐이야. 아무튼 계속 이야기해봐."

놀라 토끼눈으로 쳐다보다가 아무렇지 않다는 듯 아그작 아그작 사료를 씹어 먹으며 대답하였다. 순간 내 귀를 의심하였지만, 계속 대화를 이어나갔다.

"응. 왜냐하면, 뭐라고 할까. 책을 읽는 사람들에게 강요하는 느낌? 그들이 살아가는 삶의 방식만이 정답이라고 하는 것 같아서."

"어떤 삶의 방식?"

"매 순간 혁신적이고 도전적이며 자신의 한계를 뛰어넘는 정신력을 가진 모습."

"어려운데, 매일같이 길 위를 돌아다니지만, 그런 사람은 정말 찾아보기 어려운데."

"모두가 그렇게 못하지. 타고난 모습이 다 다른데, 그냥 각자의 생각으로 삶을 살아가는 건데."

잠시 말을 멈추었다. 고양이들은 물을 홀짝홀짝 마시며 기다렸다.

"뭐라고 할까, 요즘에 나오는 책 대부분에서 말하는 메시지가 혁신하라든가 여행을 떠나라든가니까, 불편해."

"뭐가 불편했는데?"

"뭐냐면, 나는 그런 사람이 아니니까, 내가 원하는 나의 삶이 그들이 말하는 삶이 아니니까. 그렇게 치열하게 살고 싶지 않으니까. 사실 나는 모든 것을 뒤로하고 막무가내 여행을 떠날 형편도 아니고, 그만한 배짱도 없는데, 그렇다고 혁신적으로 살아가는 삶을 원하는 것도 아닌데. 모든 사람들이 하루에 네다섯 시간만 자면서, 열정적으로 주어진 일에 빠져서 살아갈 수 있는 것은 아니잖아. 혁신적인 삶이 맞는 성향이 따로 있는 건데, 왜 그 방식만이 옳다는 식으로 말하는지, 내가 나태하게 살아가고 있다는 식으로 말이지."

"그렇지, 모두가 그럴 수는 없지."

"그들의 말을 듣고 있으면 꿈에 대하여 내가 간절하지 않은 듯 느껴져. 그리고 꿈에 대한 확신이 사라지기도 하고 말이지."

"맞아, 그럴 수 있지."

"평범하지 않기 때문에 책으로 나온 것은 알겠지만, 뭐라고 해야 하지. 꿈이라는 게, 사람마다 다 다르잖아. 그리고 이루어가는 모습도 다 다른 것인데, 다양하게 이야기를 해주어야 하잖아. 평범한 일상처럼 보이는 작은 싸움들을 이겨나가면서 꿈을 이루는 사람들도 분명히 있는데, 항상 큰 전쟁들만 이야기하는 것 같아. 200만 원만 가지고 세계 일주를 떠나네, 대기업 후원을 받아서 여행을 떠나네, 하는 이야기들은 일상적이지 않잖아. 평범하지 않잖아. 그렇다고 모두가 그렇게 할 수 있는 것도 아니고. 각자에게 주어진 삶의 무게를 최선을 다해 버텨나가는 모습도 듣고 싶은데."

"듣고 보니 그러네."

"그런 책을 읽고 나면 마치 이런 기분이 들어. 인생이라는 긴 싸움에서 제대로 시작해보기 전부터 벌써 패배자가 된 기분. 그들은 잘 살았기 때문에 그렇게 책도 내고 강연도 다니며 자신의 삶을 살아가지만, 나는 제대로 못 살았기 때문에 아무것도 이루지 못하고 변변치 않은 패배자의 삶을 살아간다고 말하는 것 같아서, 아마 피해의식이겠지."

"아니야, 그렇지도 않아. 분명히 그럴 수 있어. 패배자라고 할 수는 없어. 그냥 서로가 생각하는 행복이 다른 것뿐이야. 정답은 없어. 그들이 옳은 삶을 살아가는 지도, 네가 틀린 삶을 살아가는 지도, 죽는 그 순간까지 알 수 없어.”

“그렇지, 각자의 행복이 다른 거겠지.”

“응. 다른 거뿐이야.”

“맞아, 다른 거뿐이야. 근데 그런 책을 읽으면 처음에는 의지가 생기고 생기가 도는데, 조금만 읽고 있으면 맥이 빠지는 느낌이야. 나는 그렇지 못하니까, 책이 지향해서 나가는 모습과 현실의 내 모습이 너무나도 달라서, 자책하게 돼.”

가슴이 답답해져 숨이 찼다. 긴 숨을 한 번 내쉬었다.

“책에서는 그들이 말하는 혁신적이고 진취적인 삶만이 행복을 가져다 줄 유일한 방법이라고 말을 하는데, 그래서 읽고 있으면 심장에 돌덩어리 하나를 올려놓은 것처럼 갑갑해져.”

“그럼 네가 읽고 싶은 이야기는 뭔데?”

“내가 원하는 거?”

“응, 네가 원하는 거, 네가 원하는 삶, 네가 원하는 행복.”

“내가 원하는 삶, 내가 원하는 행복. 하고 싶은 일, 주어진 일을 열심히 하면 그에 대한 대가가 정당하게 들어오는 거. 삶에 대한 걱정을 아예 안 할 수 없지만, 그래도 사랑하는 사람들과 함께 웃고 울며 살아가는 거.”

“너무 막연하지 않아?”

"막연해, 어디가 막연해?"

"네가 한 말이 틀린 건 아닌데, 뭔가 뜬 구름 잡는 것 같아."

"그래, 왜 그렇지."

"봐봐, 내가 말한 게 다 좋은데, 뭐라고 하지. 먹고 사는 문제, 생계의 문제는 하고 싶은 일을 한다고 해결되는 게 아니잖아. 현실은 그렇지 못하잖아."

"근데, 그게 내 잘못이 아니잖아. 사회 제도의 문제라고."

"그렇다고 그걸 핑계 삼으면 안 되지. 십년 전에도, 이십년 전에도 사회 제도는 언제나 문제가 있었어. 알잖아."

"아니야. 난 핑계 대지 않았어. 그냥 그렇다는 거였는데. 나도 그래서 지금 학원에서 일하고 있잖아. 내 꿈을 이루기 위해서, 현실을 방치하지 않기 위해서, 일 하잖아."

"알고 있어, 알고 있어. 아주 잘 하고 있어. 그러니까 우리에게 이렇게 밥도 주잖아."

"그래, 내가 밥 주는 거야."

"고마워, 정말 고마워. 완전 멋져."

"알면 됐어."

"그럼 네가 하고 싶은 건 뭔데?"

"나? 글 쓰는 거. 시랑 소설 쓰고 싶어. 부족한 거는 알지만, 작가가 되고 싶어. 그렇게 될 거라고 믿어."

"믿는 거라, 믿는 거 좋지. 매일 글은 쓰고 있어?"

"응, 무슨 말이야. 당연히, 쓰고 있지."

"왜 말에 힘이 없어, 쓰고 있는 거 맞아?"

"응. 쓰고 있어, 쓰고 있어. 아직 마무리를 제대로 못하고 있어서 그렇지."

"마무리를 왜 못하고 있는데?"

"그냥…, 끝을 보는 게 어려워서."

"끝까지 하는 게 어렵다는 말이야?"

"아니, 그런 말은 아닌데, 뭐라고 해야 하지."

"그럼, 무슨 말을 하고 싶은 건데?"

"결과를 받아들일 자신이 없어서 무서워."

"결과를 받아들이는 게 무섭다."

"응, 무서워. 만약 내가 원하던 결과가 아니면 과연 내가 감당할 수 있을까. 자신이 없어."

"그래서 무서워서 피하는 거야?"

"피하는 건 아니거든, 단지 때를 보고 있는 거야."

"네가 그렇게 말했잖아. 원하던 결과가 아닐 경우가 무서워서 끝을 보지 않는다고."

"그런 게 아니라, 때가 안 맞아서 그런 거라고."

"알았어, 그럼 그 때는 언젠데?"

"몰라, 내가 어떻게 알아. 왜 이렇게 집요하게 물어보니?"

"그냥, 너한테 도움이 되려고 그러는 거지. 우리한테 밥도 주는데."

"어떤 도움?"

"진짜 네 모습을 보는 연습. 진짜 네 모습을 받아들이는 연습."

잠시 정적이 흘렀다. 뭐라고 대답을 해야 할지 몰랐다. 고양이들은 내가 생각에 빠져들도록 내버려두지는 않았다.

"요즘 넌 어떤 책을 읽고 싶은데?"

"나?"

"응, 여기 너 말고 누가 있니?"

"내가 읽고 싶은 책이라,"

생각의 정리가 필요했다. 머릿속에서는 무엇을 원하는지 알고는 있었지만, 아무도 물어보지 않았기에 정리해 본적이 없었었다.

"나, 난 그냥 일상적인 이야기를 읽고 싶어. 정말 평범한 일상, 고개만 돌리면 바로 느낄 수 있는 그런 인생, 끝없이 반복되는 시간 속에서 삶에 지쳐 있지만 희망을 잃지 않고 주어진 하루를 최선을 다하여 살아가는 그런 이야기."

"그럼 지루하겠는데, 기승전결이 없잖아."

"그래도 힘은 되잖아. 혼자 힘든 게 아니라고 말해주니까, 함께 버티자고 말하는 거니까."

"왜, 그렇게 생각해? 혼자만 힘들어 하는 것 같아?"

"응, 세상에서 나만 빼고 모든 사람들이 행복하게 보여. 페이

스북에 봐도, 인스타그램을 봐도 모두들 행복해 보여."

"원래 인생이라는 건 멀리서 보면 희극이지만 가까이서 보면 비극이라고 하잖아."

"그렇긴 하지. 근데 봐봐. 자기계발서가 유행하기 시작하면서 사람들은 너무 먼 세상 이야기들만 떠들고 있는 것 같아. 레퍼토리도 비슷비슷하고, 그런 거 있잖아. 엄청나게 힘든 상황, 대다수의 사람들은 결코 겪지 않았을 그런 환경에서 강한 의지로 이겨내서 이제는 떵떵거리며 잘 먹고 잘 살고 있다는 이야기. 근데 내가 너무 힘들어서 삶에서 희망을 찾지 못할 때, 그런 이야기는 듣고 싶지 않아. 비교돼. 나는 이겨낸 사람도, 그렇게 강한 의지를 가진 사람도 아니니까."

"심보 봐라."

"왜, 뭐, 뭐 어때서. 나는 그저 그런 책들을 읽으면 자책하게 된단 말이야. 상대적 박탈감도 느끼고."

"뭐, 자책? 박탈감? 전혀 그럴 거라고 생각 못했는데."

"그래, 자책감이랑 박탈감. 나는 그렇게까지 버텨낼 자신이 없으니까, 그렇게까지 참고 버티면서 살고 싶진 않단 말이야. 꼭 그렇게 인생을 치열하게 살아야만 해? 그래서 그렇게 하지 않는 내 자신을 보면서 자책하기도 하고, 그렇게까지 못하는 나를 보면 박탈감을 느끼기도 한다고."

"나름, 말은 되네."

"삶의 목표가 성공만 있는 건 아니잖아. 돈 많이 벌고, 명예도 얻고, 권력도 얻으면 좋지. 싫어할 사람 없지. 근데 그것만 좇아서 살아가고 싶진 않아. 그래서 소소한 행복들을 놓치고 싶지 않아."

"소소한 행복?"

"응, 소소한 행복. 반복되는 일상."

"반복되는 일상?"

"응, 반복되는 일상. 결혼도 하고, 남편이랑 아이들이랑 지지고 볶고 싸우며 사는 거."

"그런데 그런 사람들이 소소한 행복을 느끼지 않는다는 말은 없잖아."

"그들의 이야기에서는 그런 시간들이 주는 행복을 강조하지는 않잖아. 오히려 더 고독해 보여. 짊어져야 하는 짐이 많아서, 그리고 진심으로 그들을 아껴주는 사람들이 없어서."

"그렇게 보일 수도 있지, 뭐. 그래서 어떤 책이 읽고 싶다고?"

"그냥, 평범한 이야기. 매일 같이 반복되는, 결코 쉽게 변하지 않을 것 같은 시간 속에서 삶의 의미를 찾으며 주어진 환경에서 최선을 다하여 살아가는 이야기. 희망이 보이지 않아도, 당장 무엇을 해야 하는지 정확하게 알지 못해도, 바로 삶의 변화가 찾아오지 않아도, 버티며 살아가는 이야기. 그런 이야기 있잖아. 아직 결과를 얻지 못했지만, 그래도 끝까지 포기하지 않고 눈앞의 문제들을 혼자 힘으로 차근차근 풀어나가며, 미세한 변화들을 만들어가는 이야기. '나도 했으니까, 너도 할 수 있다니까, 그러니 빨리 똑같이 해봐. 나처럼 하지 않으니까, 지금 네가 그런 거야, 이 패배자야.'라고 말하는 책들 말고, '나도 힘들어 죽겠지만, 포기하지 않고 하나씩 이루어 나가고 있으니까, 그러니 우리 함께 포기하지 말고 버텨내자. 분명 언젠가는 변할 거야.'라고 말하는 책을 읽고 싶어. 나도 한국 사람이기는 하지만, 한국 사람들은 너무 큰 것만을 원해. 마치 하루아침에 '뿅'하고 모든 것이 좋아질 것이라고 믿는 듯 보여. 자기계발서들이 그런 생각을 부추겨, 그렇게 될 거라고."

"나름 많은 생각들을 했네. 그럼 이제 네가 그런 책을 쓰면 되겠다."

"뭐라고, 내가?"

"응, 네가."

당황하여 헛기침이 나왔다. 언제나 그렇듯이 비판하는 것은 쉽지만 내가 바꾸어 나가는 것은 쉽지 않다. 과연 바꾸기 위하여, 이상을 이루기 위하여 헤쳐 나가야 하는 장애물을 내가 잘 이겨낼 수 있을지 확신이 서지 않았다.

"왜, 망설여져?"

"응, 그냥 자신이 없네. 솔직히 어떻게 어디서부터 써야할지 감도 안 오고."

"그럼 한동안은 그 문제에 대해 계속 생각해보면 되잖아. 뭘 걱정이야. 어느 순간 도가 트일지, 누가 알아?"

"그럴 수도 있겠지, 뭐. 아무튼 고마워."

"뭘, 내가 더 고맙지. 언제 들어갈 생각이야? 오늘 너무 열심히 다녀서 자야겠어."

"그래, 그래. 내가 시간을 너무 많이 뺏었지. 잘 자."

"아니야, 재미있었어. 어차피 특별히 할 것도 없었는데, 뭐."

"그래, 그래. 내일은 참치로 사올게."

"아니야, 우리는 연어가 더 좋아."

"그래, 알았어. 그럼 자."

제3장

간절함

나는 노력하지 않았다. 꿈을 꾸며 최선을 다한다고 말은 하였지
만, 반복되는 일상 속에서 핑계만 대며 시간을 버리고 있었다.
꿈을 이루는 가장 중요한 것을 잊어버리고 있었다.
명확한 꿈을 향한 간절함.

33. 명확한 방향성

처음에 어떤 책을 쓰고 싶어서 작가가 되려고 하였지?

기억이 뚜렷하게 나지는 않았다. 사실 언젠가부터 책을 쓰고, 출판하여 독자들에게 읽혀졌으면 하는 막연한 소망을 가지고 있었다. 책을 내면 인생의 거대한 전환점이 찾아올 것만 같았다. 어떤 책을 쓰고 싶은지는 크게 중요하지 않았다. 글을 쓰면서도 지성이면 감천이라는 말만 믿었다. 간절히 원하면 무엇인지 이루어낼 수 있다는 믿음으로 글을 써내려갔다. 무엇을 바라는지, 간절함이 어디로 향하는지, 알지도 못한 채 그저 바라기만 하였다. 막무가내로 밀어붙였다. 꾸준히 글을 쓰며 책을 내려 노력하기는 하였지만, 무엇을 말하고 싶은지 정확하지 않은 글은 아무도 감동시키지 못하였다. 목표가 명확하지 않은 절실함은 하늘도 감동시키지 못하였다.

올해 초, 하고 있던 일에서 더 이상 비전을 찾지 못하고 그만두었다. 계속 그곳에 있으면 나는 평생을 가난에서 벗어나지 못하고 허덕여야만 할 것 같았다. 그리고 평소 하고 싶었던 일을 시작하였다. 글을 쓰는 것.

처음 글을 쓰기 시작한 이유는 매우 단순하였다. 항상 작가가 되기를 바랐다. 얽매이지 않고 화산이 분출하듯 터져 나오는 생각들을 세상에 외칠 수 있으니까. 처음 기획서를 작성하고 글을 쓸 때에는 이제껏 참아왔던 하고 싶은 말들이 넘쳐흘러, 글이 가야하는 방향을 잃어버렸다. 감정적으로 치우쳐져 있었던 나는 냉정하게 나를 보지 못하였다. 너무나도 뻔히 보였던 결점을 받아들이고 싶지 않았다. 무슨 말을 하는 지도 모른 채, 완성하기 위하여 계속 에너지를 쏟았다. 돈을 벌지 않았기에 생활은 점점 빈곤해져갔고, 부모님께 야금야금 손을 벌렸다.

삐뚤어진 자기애로 스스로의 문제점을 보지 못하고 외부의 탓만 하였다. 나는 잘할 수 있는데 출판사에서 알아보지 못한다고 원망하였다. 남 탓만 하던 그 시간들을 되돌아보면 창피해진다. 모 출판사 대표와의 만남에서 그런 말을 들었다.

글에서 간절함은 확실하게 느껴져요. 하지만 무엇을 말하고 싶은지 정확하게 모르겠어요. 글은 명확해야만 해요. 그래야 그 간절함의 반은 가요.

명확한 방향성. 나에게는 그림이 뚜렷하게 보이는데, 글을 읽는 사람의 머릿속에서는 그 그림을 전혀 그리지 못한다? 아니다. 사실은 그렇게 생각하면서 스스로를 위로하려 했던 것이었다. 책을 내어 작가가 되고 싶은 마음은 간절하였지만, 책을 통하여 독자에게 던지고 싶은 단 하나의 메시지는 없었다. 그 사실을 깨닫는데 오랜 시간이 걸리지 않았다. 그리고 한 동안 글을 쓰지 않았다. 쓸 수가 없었다. 방향을 잃어버리자, 글도 이어질 수 없었다.

먼저 생활을 안정시켜야만 하였다. 글에 대하여 생각할 여유가 필요했다. 글을 쓰는 작업에 대하여서도 생각해 볼 시간이 필요하였다. 그렇게 다시 일을 시작하였다. 꿈에 가까이 다가가기 위하여 솔직하게 대답해야만 하는 질문이 세 가지 주어졌다.

어떤 글을 쓰고 싶은지, 왜 작가가 되고 싶은지, 글을 통하여 얻고자 하는 것은 무엇인지.

34. 역사 의식

치열한 경쟁 속에서 이리 치이고 저리 밀리다 보면 제 아무리 강렬하였던 열정이라도 식어만 가게 마련이다. 뚜렷하게 보였던 목표는 무엇이었는지 알아보지 못할 만큼 희미해져만 갔고, 목적은 가까운 미래에 가려 보이지 않았다. 생존만을 위한 경쟁 속에서 분명하였던 삶의 목표와 의미는 없어지고, 오직 글을 쓰고 싶다는 열망만이 남아 있다. 내가 기억하고 있는 일이 전부가 아니었다. 스쳐지나가듯 기억하지 못하는 자잘한 씨앗들이 뿌려져 꿈을 품게 되었을 수도 있었다. 기억해내고 싶었다. 어떤 일들이 있었는지, 잊었던 기억들을 뒤적거렸다.

먼지가 소복이 덮인, 케케묵은 기억 속에서 단서 하나를 찾아냈다. 김진명의 『황태자비 납치사건』. 중학생 때, 개그의 소재처럼 텔레비전에 언급되면서 호기심에 읽기 시작했던 책이었다. 한국과 일본 사이에서 역사를 둘러싼 진실 공방이 격렬하게 대립하던 시절이었다. 이 책을 읽으면서 나는 소설인지 사실인지 헷갈릴 정도로 이야기 속으로 빠져들었다. 소설을 써보고 싶어졌다. 한국 역사를 이야기해주는 소설을 쓰고 싶었다.

"아빠, 이 책 완전 재밌다. 근데 근현대사 초창기를 다루는 소설은 많이 없어? 특히, 일본군 '위안부' 문제나 731 마루타 문제 같은 거."

"그거야 소설가들이 많이 안 적으니까 그렇겠지. 사람들이 한국 역사에 그렇게 관심을 가지지도 않고, 역사 소설을 많이 안 읽는 것도 있으니까, 그런 게 아닐까? 다 관심의 문제지. 유대인들은 홀로코스트를 배경으로 한 이야기를 책이나 영화로 계속 남기잖아. 그들의 아픈 역사를 세계가 기억할 수 있도록. 그런데 우리나라는 그 유교 정신 때문에 수치로 생각하고 숨기기에만 급급해서 이렇게 된 거야. 사실 한국 전쟁이 끝나고 난 뒤에 세계에서는 한국에서 노벨문학상이 대거 나올 거라고 예상했는데, 보기 좋게 빗나갔지. 역사를 제대로 청산하지 않고, 친일파 중심으로 나라를 재건하기 바빴으니까."

무신경하게 던진 나의 질문에 아빠는 핏줄을 세우고 열변을 토해냈다. 그리고 아빠의 논리에 나는 완전히 설득 당하고 말았다. 유대인들은 그들이 전쟁 중 당했던 아픈 기억들을 문학으로, 영화로 남기며 다시는 반복되지 않도록 다음 세대에게 알렸지만, 우리는 한국 전쟁으로 폐허가 된 한반도를 다시 살려내기 위하여 민족의 아픈 수치에 대하여 입을 다물어 버렸다.

순수했던 나는 애국심에 심장이 불타올랐다. 하지만 그보다도 부자가 되고 싶은 마음이 더욱 강렬하였다. 빌게이츠만큼 돈을 벌어, 전 세계로 영향력을 미칠 수 있는 사람이 된다면 간단하게 해결할 수 있을 것이라고 믿었다. 순진하였다. 그리고 굳이 내가 아니더라도 누군가는 꾸준히 역사 소설을 써내려갈 것이었고, 진실을 드러내기 위하여 힘쓸 것이라고 믿었다.

미국에서 대학을 다녔다. 수업 중간, 중간 틈이 생길 때면 도서관 책장에 기대어 쪽잠을 즐겨 갔다. 미로같이 꽂혀 있는 수백, 수천 권의 책 사이에서 낮잠을 자게 되면 꿈에서라도 그 많은 책들을 읽을 것만 같았다. 그렇게 도서관을 누비며 다니다, 우연히 책 한 권을 발견하였다.

『일본 식민지가 한국을 근·현대화하였다.』

책 제목을 보는 순간, 분노가 섞인 욕이 나왔다. 이 책이 지금 뭐라고 하는지, 누가 이 책을 쓴 건지, 말 같지도 않은 제목이었다. 하버드 역사연구소와 한 한국인이 합동으로 연구하여 내놓은 결과물이었다. 진리를 추구하는 하버드가 한 민족을 배신한 한국인 교수와 손을 잡고 어떻게 역사를 왜곡한 사실을 모아서 책을 낼 수가 있지? 자신의 엄마, 아빠, 언니, 오빠가 일본으로부터 지옥을 겪어야만 했는데, 어떻게 이런 제목을 뽑아낼 수 있는지, 분노에 피가 거꾸로 솟구쳤다.

우리는 무너져 내린 나라를 재건하기 위하여 아플 틈도 없이 힘겹게 버텨내는 동안, 일본은 그들의 추악한 역사를 세계적으로 정당화하는 작업을 하고 있었다. 수많은 한국인들과 중국인들을 죽이며 한 생체실험의 결과를 미국에 넘겨주는 조건으로 생체실험 전범자들은 제대로 처벌받지 않고 얼렁뚱땅 넘어갔으며, 그들은 죽기 전까지도 큰소리치며 살았다. 전법 기업들은 수십만 한국 청년들을 끌고 섬으로 들어가 탄광을 캐게 하였지만, 아무런 사과나 처벌 없이 넘어갔다. '위안부' 문제는 말하면 입만 아팠다. 그들은 무엇을 잘못했는지, 자기 최면을 걸어 부정한 채, 더러운 본 모습을 보기를 거부하고, 마치 한국을 도와준 것처럼 포장하고 있었다. 세계는 벌써 일본의 말에 더 귀를 기울이고 있었다.

아무리 한류 열풍을 타고 세계가 한국을 조금씩 알아준다고 하여도, 삼성이 애플보다 앞질러 나간다고 하여도, 잘못된 역사를 바로 잡아주는 역할은 하지 못하였다. 인터넷 상으로 아무리 한국말로 떠든다고 하여도 아무도 들어주지 않았다. 아빠가 해주었던 이야기가 떠올랐다.

그래, 그들이 알아들을 수 있는 말로 해주면 알아듣겠지. 그들이 직접 우리의 이야기에 감정이입하고 상상하며 아픔을 공감할 수 있도록 만들어야해. 하는 사람이 없다면, 내가 하면 돼.

세상 무서울 것 없던 철없는 22살 대학생의 패기였다.

할머니, 할아버지, 엄마, 아빠, 그리고 우리들은 끝없는 전쟁을 치루고 있었다. 더 좋은 사회를 아들, 딸들에게 물려주기 위하여 부조리한 현실과 싸우며, 모두에게 공평한 사회를 만들기 위하여 힘썼다. 배신을 당하고 좌절을 겪어도 결코 포기하지 않고, 사랑하는 사람들을 지켜왔다. 아무도 보는 사람도, 들어주는 사람도 없어 혼자 이겨내야만 하는 듯 보이는 상황에서도 절대 포기하지 않았다. 나라를 빼앗겼지만 되찾기 위하여, 전쟁으로 폐허가 되어 전 세계가 포기하였지만 가난을 대물림하지 않겠다는 신념 하나만으로 포기하지 않고 버텨냈다. 독재정권 아래에서도 국민의 기본적인 권리를 찾기 위하여 청춘들은 총칼에 맞서 포기하지 않고 싸웠다. 외환위기가 왔을 때에도, 우리는 쓰러지지 않았다. 포기하지 않고 힘을 모아 허리띠를 졸라맸다. 현재 한국이 굳건히 서있는 이유는 빠르게 발전했던 IT 기술도, 한류 문화도 아니었다. 오직 우리의 할머니, 할아버지, 엄마, 아빠의 포기를 몰랐던 강인한 정신력이었다. 나는 어떤 어려움에서도 끝까지 포기하지 않고 타협하지 않으며 버티던 우리의 이야기를 하고 싶었다.

글을 통하여 말하고 싶었었던 메시지가 분명히 있었는데, 뭔 짓을 하고 있었던 거지, 지금 나는 자기계발서를 왜 쓰고 있는 거지.

35. 마포대교

빛을 잃었던 희망이 다시 힘을 찾으면 걸어가고 있는 길이 점차 또렷이 보이게 된다. 이른 아침부터 분주히 움직였다. 주어진 시간이 많이 없었다. 기본적인 자료 조사를 하는 책을 사기 위하여 서점으로 향하였다. 일제 강점기 동안 평범한 사람들의 삶에 대한 책, 강제 동원에 관한 책, 위안부 할머니들의 증언을 기록한 책들을 잔뜩 껴안고 콧노래를 부르며 집으로 돌아왔다.

집 안과 밖은 확실한 기온 차가 있었다. 방으로 들어오니, 후끈한 공기가 콧속으로 들어왔다. 추워서 얼어있던 몸이 풀리자, 피로감이 밀려왔다. 우선 편한 옷으로 먼저 갈아입었다. 렌즈도 빼고, 화장도 지웠다. 샤워까지 하고 나니 확실히 몸이 가벼워졌다. 노곤해진 몸을 침대에 눕혔다.

잠시 쉬었다가 글 써야지.

누워 스마트폰을 들었다. 엄지손가락을 위아래로 까닥까닥 거리며 친구들의 일상을 엿보았다. 중학교 동창들부터 유학시절 친구들까지, SNS에 올라온 사진들은 모조리 찾아보았다. 그들은 하나같이 웃고 있었다. 사진 속에서 그들은 변화하며, 도전하며, 작은 성취감들로 풍요로운 시간들을 보내는 듯 보였다. 아니, 내 눈에는 그렇게 비쳤다.

내 모습이 궁금해졌다. 잠시 스마트폰을 내려놓고 거울을 보았다. 거울에 비친 나의 모습은 초라했다. 머리 꼭대기까지 올려 묶은 머리, 목이 다 늘어난 오래되고 해진 회색 반팔 티셔츠, 초점을 일어버린 눈빛으로 나를 바라보고 있었다. 20대만 뿜어낼 수 있는 생기 넘치는 아우라는 나에게 없었다.

책상 위에 쌓인 책들을 보니 힘이 쑥 빠졌다. 글을 꼭 써야만 할까. 꿈을 꼭 지속해 나가야만 할까. 적든 말든 꼬박꼬박 나오는 월급을 받으면서 살다가 결혼하고, 아이 낳으면서 나이가 들면 안 될까, 왜 사서 고생을 하려고 하는 거지, 글을 쓴다고 하여도, 과연 내가 치열한 출판시장에서 살아남을 수 있을까, 하루가 다르게 경제는 침체되어 가는데, 글로 밥 먹고 살 수 있을까, 지금 내가 하고 있는 일이 가치 있을까. 희망을 되찾은 지 24시간도 지나지 않아, 봄날의 아지랑이처럼 사라졌다.

몸을 움직이지 않으니 부정적인 생각이 일었다. 운동을 하지 않으면 부정적인 생각은 멈추지 않을 듯하였다. 주섬주섬 옷을 챙겨 입고 한강으로 향하였다. 지치고 힘들 때, 나가떨어질 것만 같은 순간이 찾아오면, 한강을 따라 걸었다. 고요하게 흐르는 거대한 한강을 바라보면 마음이 차분해졌다. 세상 소리에 묻혀 제대로 들리지 않던 나의 목소리는 갈팡질팡하는 나에게 어디로 가야하는 지 속삭여주었다.

　지금 게을러져서 그래, 머리에 지방이 껴서.

　스스로에게 채찍질을 하며 한적한 거리를 걸었다. 경보를 하 듯 엉덩이를 양쪽으로 힘껏 씰룩거리며, 팔을 앞뒤로 세차게 흔 들며 걸었다. 최대한 당당하게 보이도록 허리도 꼿꼿이 폈다. 걸 어야만 사람들이 살아가는 모습을 음미할 수 있었다. 버스를 타 면 빨리 목적지에 도착하는 대신, 보는 시선이 높아져 제대로 관 찰할 수 없다. 그들이 어떻게 걸어 다니며, 어떤 표정을 하고, 어 떤 생각을 하는지, 시선을 맞추지 않으면 알 수 없었다. 스쳐지 나가는 사람들을 살피며, 영등포 청과물 시장을 지나고, 영등포 전통 시장으로 들어섰다. 사람들은 주어진 일들로 바쁘게 움직 였다. 삶은 고단하지만 결코 포기하지 않고 버티고 있는 그들의 움직임 속에서 살아있음이 느껴졌다. 그렇게 계속 앞으로 걷다 보니 서울교가 나왔다. 눈앞에 보이는 여의도는 마음을 한결 가 볍게 만들어주었다. 마치 모든 고난의 시간이 지나가고 새로운 시대가 열린 듯했다. 하지만 여정은 끝나지 않았다. 더 가야만 했다. 쉬지 않고 앞으로 걸었다. 과도한 업무로 막힌 숨통을 트 기 위하여 경직된 얼굴로 삼삼오오 모여 담배를 뻐끔뻐끔 피는 여의도 뒷골목을 지나 마포대교 위로 올라섰다. 다리 밑으로 찰 랑거리며 흘러내려가는 강물은 이제 곧 시작하게 될 새로운 날 들을 먼저 축하해 주었다. 마포대교 가운데 지점까지 가서 벤치에 올라섰다. 차가운 바람을 폐로 한 가득 들이켰다. 숨 쉬기가 어려웠으나 머리는 깨어나고 있었다. 정신이 맑아졌다.

잊었던 그림이 다시 보였다. 작년 가을, 첫 학원에서였다. 늘어만 가는 스트레스를 감당하지 못하고 허덕이며 마지못해 살아가던 날들이었다. 현실을 받아들이지 못하는 사람들, 아무리 열심히 해도 성과를 내기 어려운 구조, 관리라는 말로 사생활까지 죄여오는 시스템, 변화는 싫지만 성공하기를 바라며 숨통을 조르는 관리자, 생각만 해도 가슴이 답답하였다. 숨이 턱턱 막혔다. 휴대폰이 족쇄처럼 느껴졌다. 휴대폰만 없다면 이렇게까지 숨 막히지 않았을 텐데…. 모든 스트레스는 휴대폰으로부터 오는 것 같았다. 휴대폰을 그대로 강물에 던져버리고 소리 소문 없이 잠적해버리고 싶어졌다. 눈물이 울컥 쏟아졌다. 사람들을 피하여 한적한 곳에서 글을 주구장창 쓰며 여유롭게 독서와 휴식을 취하고 싶었다. 세상으로부터 벗어나 쉬고 싶었다. 하지만 비참하게도 나에게는 도망쳐버릴 배짱도, 돈도, 아무것도 없었다. 현실이 너무 슬펐다. 화려하게 빛나는 63빌딩을 바라보며 한참을 목 놓아 울었다. 나 좀 살려달라고 목청껏 울었다. 희망이 보이지 않는 시간 속에서 나의 청춘은 처참하게 무너져 내렸다.

36. 마이너스 인생

지나간 일들을 생각하니 웃음이 흘러나왔다. 일 년이라는 짧은 시간 사이에 너무 많은 것들이 변해 있었다. 하루하루를 버티다보니 상황은 조금씩 좋아지고 있었다. 분명 그때에는 주어진 문제들로 삶 전체가 위태로워 하루를 버텨내기가 버거웠는데, 지금은 그때의 문제들이 모두 지나가고, 비슷한 유형의 새로운 문제들로 힘들어하고 있었다. 인생은 결국 이런 것일까.

그래, 잘 버텼어. 잘 살아가고 있는 거야. 수고 많았어.

나를 위로해주었다.

지난여름, 친구와 마포대교 위를 걸었다. 불확실한 미래, 불안한 현재, 그리고 행복해지고 싶은 소망을 가지고, 어떻게 삶을 버티고 살아가야만 하는지 이야기를 나누었다. 꽁꽁 숨겨진 인생의 정답을 조금이라도 찾아보려 둘이서 머리를 맞대었다.

"야, 나는 요즘 힘들면 그런 생각을 한다."

"뭐?"

"그런 거 있잖아. 아프리카에 있는 아이들, 몸이 불편한 사람들, 뭐 그런."

"왜?"

"그냥, 그 사람들이 누리지 못하는 것들을 나는 누리고 있으니까. 아프리카에 있는 아이들은 오늘 당장 마실 물이 없어서 죽어 나가잖아. 그런데 나는 그런 걱정 안 해도 괜찮으니까, 감사하는 거지. 당연하다는 듯 내가 누렸던 것들이 그들한테는 당연한 게 아니잖아."

"그래, 그럴 수도 있지."

"응, 그렇게 생각하니까 지금 내가 걱정하는 문제들이 아무 가치 없게 느껴지더라. 우리는 먹고 싶은 거 있으면 먹을 수 있잖아. 물도 안심하고 마시고, 돌아갈 집도 있고, 팔다리도 멀쩡하고."

"그렇지, 그럴 수 있지. 근데 난 그렇게 생각하는 게 싫어."

"왜?"

"그것도 한계가 있으니까."

"응, 무슨 말이야?"

"그렇게까지 하면서 행복을 내가 꼭 느껴야 하나, 그렇게까지 하면서 행복하다는 것을 증명해야 하나 하는 생각."

"풀어서 말해 봐."

"그렇잖아. 결국 내가 현실에서 행복을 느끼지 못하니까 스스로 행복하다는 사실을 증명하기 위해 억지 감성을 짜내는 거잖아. 무슨 행복을 비교까지 해가면서 느끼는 건 아니잖아. 행복은 그냥 느끼는 거잖아. 만들어 내는 것이 아니라."

"야, 안 그럼 현실이 팍팍하잖아."

"몰라. 나도 한 때 그렇게 생각하면서 감사하려고 노력했거든. 그런데 그런 감사들만 모이다 보니, 어느 순간 너무 비참하게 느껴지더라. 이렇게 하지 않으면 현재 주어진 시간 속에서 행복을 찾기가 어려우니까, 어떡하든 행복을 느끼고 싶어서 발버둥치는 내 자신을 보니까 안쓰럽기도 하고, 처절하기도 하고, 그렇더라. 행복은 비교가 아닌데, 그냥 우러나오는 건데."

"그럴 수도 있겠네."

"진짜 웃긴 건 어른들이지. 우리들한테 입버릇처럼 말하는 거 있잖아. 옛날에는 더 힘들었다고, 요즘 애들은 약해빠져서 징징거리는 거라고, 배불러서 힘든 일은 안하려고 한다고."

"그 말, 듣기 싫어."

"진짜, 누가 더 힘든 건지 모르겠다."

"나도, 솔직히 그때는 나라 전체가 가난했잖아. 모두 힘들고 어려웠잖아. 서로 의지하면서 살아갔잖아. 열심히 공부하고, 일해서 알뜰살뜰하게 돈 모으면, 집도 살 수 있고 안정적으로 살아갈 수 있다는 믿음이 있었잖아. 물론 돈으로 차별을 받기는 하였겠지만, 그래도 서로 도우며 살았잖아. 그런데 지금은 뭐야. 지금은 아니잖아."

"지금은 생존 게임이지, 경쟁."

"근데 다 같이 하는 게 아니라, 돈 없는 사람들만 하는 거잖아. 돈 있는 애들은 왜 해. 그냥 부모가 하던 거 물려받을 텐데, 인생 쉽게 살잖아. 아무리 발버둥 쳐도 못 따라가. 출발점이 완전히 다른데 언제 따라가겠어. 아무리 희망을 가지고 버텨보려고 해도, 돈 있는 사람들이 다 뜯어가잖아. 너무도 쉽게, 아무렇지 않은 듯, 마치 당연하다는 듯. 월급 받아서, 세금 내고, 건강보험 내고, 월세에, 휴대폰 요금, 식비, 생활필수품, 뭐 이런 것만 해도 남는 게 없다."

"야, 나도 지금 학자금 대출이랑 보증금이랑 뭐 이래저래 해서 있는 빚, 갚는다고 해도 잘 안 없어진다. 사회생활은 계속 하는데, 빚은 계속 는다."

"무슨 내가 부귀영화를 누리겠다는 것도 아니고, 그냥 단지 먹고 싶은 거, 배우고 싶은 거, 입고 싶은 거, 조금씩 즐기면서 살고 싶다는데, 못한다. 돈이 없어서, 그게 현실이다."

"진짜, 인생을 즐길 날이 올까."

"모르지. 그런데 어른들은 열심히 일해서 저금하란다. 저금할 만큼 월급이나 주든가. 일은 엄청 시켜먹으면서 돈은 안 주려고, 나쁜 놈들. 월세만 안 내도 돈이 모이겠다. 금리도 낮은데, 뭘 그렇게 저금을 하라고들 하시는지."

"언제 마이너스 인생을 벗어나노?"

"그러니까, 아무튼 그렇게 행복을 찾으니까 금방 반대편으로 눈이 가더라. 그리고 상대적 박탈감이 엄청 나더라."

"우리 회사에도 금수저가 있는데, 보고 있으니까 허무하더라. 난 뭐하고 있는 건지, 내가 10년 돈 안 쓰고 일하면서 모아야 얻는 걸 그냥 단번에 가지더라."

"진짜, 짜증난다."

"어릴 때는 몰랐는데, 지금은 보이니까 더 싫다."

"진짜 포기하고 싶다, 그럴 때면."

"그렇다고 포기할 순 없잖아."

"그렇지, 그렇다고 절대 포기하면 안 되지."

"맞다. 우리는 우리만 생각하자."

"맞다. 우리만 있다고 생각해야지. 딴 사람을 언제 신경 쓰냐?"

"넌 요즘 행복하냐?"

"응, 난 괜찮다. 그래도 나는 하고 싶은 거 하잖아."

37. 생활비

소소한 행복은 나를 언제나 즐겁게 해주었다. 낙천적인 아빠를 닮아 매사에 긍정적이었다. 봄바람이 산들거리며 다가오면 따뜻한 햇살에 기쁨을 느끼고, 아려오는 겨울바람이 매섭게 나를 때리면 돌아갈 집이 있음에 감사했다. 상황이 어려워지고 온갖 부정적인 생각들이 화산처럼 폭발하여 감정을 초토화시켜 놓아도 한바탕 크게 울고 나면, 모든 걱정을 뒤로 넘겨버리고 다시 털고 일어났다. 인생은 죽도록 내버려두지 않는다는 사실을 알고 있었다.

첫 번째 학원을 그만두고 난 후, 작가가 되겠다는 핑계로 놀기만 하였다. 의지와 달리 고정적으로 빠져나가는 돈으로 통장은 금세 바닥을 보이기 시작하였다. 돈이 없었다. 당연히 받으리라고 믿었던 마지막 달 월급도, 퇴직금도 받지 못하였다. 받아야 하는 돈을 받지 못하니 예상보다 더 빨리 사라졌다. 일을 그만두고 한 달 정도 지나자 빈곤의 시간이 찾아왔다. 휴대폰 요금과 월세를 내야 하는 날이 온 것이다. 돈은 턱없이 부족하여 일을 당장 시작해야만 하였다. 한 겨울, 보일러도 꺼진 작은 고시원 방 안 침대 위에서, 전기장판과 한 몸이 되어 인터넷으로 아르바이트 자리를 찾았다. 잘 해낼 자신이 있는 것, 일이 급한 곳들을 위주로 찾아보았다. 얼마 되지 않는 아르바이트 시급에 어떻게 생활 문제를 해결할 수 있을지 막막해졌다. 순간 단기 번역 아르바이트가 눈에 띄었다. 바로 지원하였고, 다행스럽게도 일을 시작할 수 있게 되었다. 한 달 생활비가 해결되었다. 세상은 절대 살기 위하여 몸부림치는 사람을 외면하지 않았다. 우연히 얻어걸린 아주 얇은 희망의 끈을 놓치지 않기 위하여 있는 힘껏 붙잡았다. 그 순간만큼은 하늘이 내 편이었다.

하지만 돈은 번역을 마쳐야만 받을 수 있었다. 그 전에는 단돈 천원이 없었다. 다시 아르바이트를 찾아 해매였다. 많이는 필요 없었지만, 꼭 당일 돈을 받을 수 있는 일을 해야만 했다. 생활필수품만 사면 괜찮았다. 샴푸와 린스는 없어도, 비누나 바디워시로 감아도 괜찮았다. 정전기가 나면 가볍게 로션을 발라주면 가라앉았었다. 곧 있으면 한 달에 한 번 찾아오는 마법의 날이었기에, 생리대를 사야만 했다. 생리대는 사지 않으면 대체할 수 있는 것이 없었다. 수건을 두르고 다닐 수 있는 것도 아니었기에, 최대한 빨리 마법이 찾아오기 전에 조금이라도 돈을 벌어야만 했다.

38. 방청 아르바이트

당일 지급, 방청 아르바이트 모집.

일을 하고 나면 돈을 바로 준다는 글을 보고 연락을 하였다. 이름, 나이, 성별 등과 같은 기본 신상 정보를 적어 문자로 보냈다. 얼마 지나지 않아 답장이 왔다. 촬영 당일, 늦지 말고 방송국 앞으로 오라는 내용이었다.

살았다.

나도 모르게 소리를 질렀다. 잘만 해결해 나간다면 모든 문제들을 시간 내에 해결할 수 있을 것 같았다. 긍정적인 생각이 고개를 들어 다시 나를 쳐다보았다. 온 세포가 희망을 느끼는 듯하였다.

그래, 하늘은 아직 나를 버리지 않았어. 살려고만 한다면 절대 죽지 않아. 좋아, 버티는 거야. 버텨야 해. 버텨내야만 해. 그래야 길이 생겨. 정신 바짝 차리고 차근차근 둘러보면 길은 분명히 있을 거야.

가팔라졌던 호흡을 정돈하고, 다시 글을 썼다. 전기장판에 딱 붙어 열심히 키보드를 두드렸다. 입김이 뿜어져 나오는 온도였기에, 15분마다 한 번씩 이불 속으로 손을 넣어 녹여주었다. 나름대로 괜찮았다. 낭만적이었다. 가난한 예술가가 된 기분이었다. 하늘은 내 편이니까, 힘들지만 버텨내며 꿈꾸는 길을 걸어만 간다면, 내일의 나는 분명 찬란하게 빛날 것이라 믿었다. 위대한 업적을 남긴 많은 사람들 역시 가난을 겪었고 이겨냈기에, 나도 이 정도의 시련은 참을 만하다고 생각하였다.

드디어 방청 아르바이트를 가는 날이었다. 혹시 카메라에 찍힐 수 있으니, 화장도 하고 옷도 밝은 색으로 골라 입었다. 처음 가는 동네였기에 평소보다 일찍 일어나 움직였다. 기대가 되었다. 어떤 프로그램인지, 가면 어떤 것들을 경험하게 될 수 있을지, 어떤 것들을 배울지.

겨울은 겨울이었다. 햇살은 따사롭게 느껴졌지만 겨울바람은 세차게 불었다. 너무 일찍 움직인 탓에 예상보다 이른 시간에 도착하였다. 평일 오전 9시 30분, 상암동은 휑하였다. 아무도 없었다. 30분을 더 기다려야만 했다. 돈이 없었기에 갈만한 곳이 마땅히 없었다. 커피를 사 마실 돈이 없었기에 카페에도 들어갈 수 없었다. 너무 추워 건물 안으로만 들어가자는 생각으로 문을 열었다. 아직 가게들이 영업을 시작하지 않은 시간이라 문은 닫혀 있었다. 다행히 지하 식당이 있는 건물 문이 열렸다. 문이 열리는 곳까지 들어가다, 주변을 살펴보고 잠시 계단에 앉았다. 눈이라도 붙이고 싶었지만, 추워서 잠을 잘 수가 없었다. 책을 꺼내 들고 읽었다. 책은 언제나 지식 이상을 선물해주었다.

약속 시간 5분 전, 아직까지 사람들이 보이지 않았다. 그래도 늦을 수 있으니 약속 장소에 나가 기다리기로 하였다. 시간이 가까워지자 사람들이 어디선가 하나, 둘씩 나타났다. 그리고 인솔자가 나타났다. 보조 출연 아르바이트와 마찬가지로 기본 정보를 적어놓은 일지를 건넸다. 주위를 둘러보니, 대부분 20대 초중반 여성이었고, 50대 아주머니들이 열 분 정도 계셨다. 그들의 이야기에 무심한 듯 귀를 기울였다.

재미삼아 방송국 구경도 하고 연예인 구경도 할 겸, 돈도 벌 겸, 참여한 대학생들이 대부분이었고, 잠시 직장을 쉬고 있는 사람들도 있었다. 돈 걱정 없이 일상적인 이야기를 하며 웃고 떠드는 모습이 행복해 보였다. 다른 세상 사람들처럼 보였다. 순간 소외감이 들었다. 나는 돈이 없는데, 먹고 살 걱정을 해야만 하는데.

다시 만약이라는 질문들이 머리를 휘감았다. 만약 한국에서 대학을 다녔더라면, 나도 재미삼아, 경험삼아, 다양한 아르바이트도 해봤을 텐데, 돈 걱정을 하면서 살아가지는 않았을 텐데.

가난을 겪으며 키가 한 줌 커진 기분이 들었다. 성장한 듯하였다. 울컥했다. 낯선 무리에 섞여 인솔자를 따라 스튜디오로 들어갔다. 다른 짐들은 모두 입구에 맡겨두고, 한 권의 책과 휴대폰만 챙겨들었다.

현대적인 건물 속에서 스튜디오는 또 다른 세상이었다. 차가운 도시 속에 숨겨진 아지트 같은 느낌이었다. 밝은 조명들이 유독 무대를 따뜻하게 보이도록 만들었다. 수많은 카메라와 텔레비전 화면을 통해서만 보던 사람들, 결코 평범하지 않은 공간이었다. 화려한 외모, 수려한 말솜씨, 넘치는 끼로 보통 사람들이 아무리 노력해도 가지지 못하는 것들을 단번에 가질 수 있는 공간이었다. 일 년 내내 회사에 사생활까지 바쳐가며 일하여 겨우 버는 돈을 단 한 번의 전파만으로 벌어가는 공간, 나와는 너무나 멀어, 형체조차 제대로 볼 수 없었던 세계가 눈앞에서 선명히 보였다. 무려 10시간 동안, 잠시 견학 나온 기분으로 그들의 이야기를 들었다. 고시원 생활은 잊히고 있었다.

나도, 나도 곧 올라간다. 올라가고 말거다.

미국에서는 희망을 가르친다. 열심히 도전하며 살아가다 보면, 작은 성공들이 쌓여 원하는 꿈을 이룰 수 있다는 희망을 가르친다. 노력은 배신하지 않으며, 절대 포기하지 말고 끝까지 시도하다보면, 기회가 찾아왔을 때 이룰 수 있다는 믿음을 가르친다. 주어진 상황 속에서도 희망을 가지고 문제들을 하나씩 풀어나가다보면 자신도 모르는 사이에 목표 지점에 도착할 수 있기에 오늘을 최선을 다해 살도록 가르친다. 출판사에서 수많은 거절 편지를 받았지만, 포기하지 않았더니 작가가 되어 상도 받고 꿈을 이루며 살아가는 이야기를 들으며, 나 역시도 꿈을 키워 왔다. 하지만 현실은 냉혹하였다. 아니면 한국이 달랐던 것일 수도 있다. 벽에 계속 부딪히다 보니, 희망은 자취를 감추어 버렸다. 눈앞에 보이는 먹고 사는 생계의 문제도 제대로 해결하지 못하며 헉헉거리는 나 자신을 보니, 삶에 대한 의지도 도망가 버렸다. 그렇게 나의 청춘은 생명을 잃고 있었다.

그들의 이야기를 들으니, 나 자신이 마치 캣니스가 된 기분이었다. 헝거게임에 참여하기 위하여 캐피톨에 간 캣니스가 12구역에서는 상상조차 할 수 없었던 호화로운 삶을 살아가는 사람들을 볼 때의 기분이었다. 나는 12구역에 살았고, 그들은 캐피톨에 살았다. 배알이 꼬였다. 버스비가 얼만지도 정확하게 모르고, 월세 걱정도 해보지 않고 살아온 사람들이 어떻게 인생에 대하여 안다고 왈가왈부할 수 있을까.

화가 났다. 나 자신에게 화가 나기 시작하였다. 그들이 캐피톨에서 태어났는지는 알 수 없었다. 그들이 어떤 삶을 살아왔는지, 나는 정확하게 알지 못하였다. 다만 그들이 돈 걱정 없이 살아가는 모습이 미웠던 것이었다. 타인의 노력을 인정할만한 여유가 없는 나 자신이 초라해졌다. 현재 보이는 모습으로 멋대로 그들의 삶을 단정 지으며 비난하는 나를 보고 있으니 비참하였다. 그들은 어쩌면 그들의 위치에서 최선을 다하였고, 목표를 이루어낸 사람들이었지만, 나는 그들에게서 자극을 받고 꿈을 이루기 위하여 다시 한 번 일어서는 것이 아니라, 노력의 과정은 모두 무시한 채 원색적인 비난만 하고 있었다. 혼자 머뭇거리며 지체하고 있었던 일들에 대한 책임을 남 탓으로 돌리고 있었다. 두 눈으로 직접 게으름에 대한 결과를 보아야 하지만, 견뎌낼 자신이 없어 엄한 사람을 욕하는 꼴이었다. 절실히 싸워야만 원하는 것을 얻을 수 있지만, 커져가는 불안함으로 칼 한 번 제대로 휘둘러보지 못하고 주저앉아 울며, 세상 탓만 하였다. 내가 너무 미웠다.

동경과 질투가 뒤엉킨 채, 촬영은 끝났다. 하루 종일 방청해준 대가로 받은 화장품 3종 세트와 4만원을 받아 들고 곧장 마트로 향하였다. 드디어 필요한 것들을 살 수 있었다. 샴푸, 린스, 치약, 생리대, 그리고 청양고추를 사니, 받은 돈의 반 이상이 날아가 버렸다. 물가가 장난이 아니었다. 부들거리는 손으로 계산하였다.

대한민국에서 월급을 받는다고 하여도 제대로 생활도 못하겠네.

투덜투덜 거리며 방으로 돌아갔다. 방에 도착하지마자, 화장을 닦아내고 샤워를 하였다. 2주 만에 처음으로 샴푸로 머리를 감았다. 하늘하늘 거리며 콧속으로 들어오는 샴푸 향은 황홀하였다. 심장이 두근거리며, 기분이 좋아졌다. 미미한 조증이 찾아오는 듯하였다. 태어나서 처음, 샴푸향이 매혹적이라는 사실을 깨달았다. 오랜 결핍이 일상적인 감사를 가르쳐주었다. 10시간 동안 머릿속을 휘젓고 다니던 생각들은 거품에 씻겨 내려갔다. 다시 한 번, 머리 위에서 뭉게구름을 만들며 퍼져나가는 샴푸 향을 음미하며 행복을 느꼈다.

　사실 살아가는데 우리가 필요한 것은 그렇게 많지 않다. 가장 먼저 주어진 것들에 감사하며 살아가는 법을 배워야만 한다. 그래야 그 다음 선물을 받을 수가 있다. 하지만 이제껏 나는 선물들을 너무나도 당연하게 생각하며 받고 있었던 것이다. 오늘을 감사하면, 내일은 더 감사할 일이 분명 생길 것이라는 생각이 들었다. 마포대교 위에서 옛 깨달음이 다시 머리를 깨끗하게 해주었다.

39. 꿈 속의 여자

한 여자가 앞에 앉아 있었다. 많은 사람의 관심을 받으며, 인생을 즐기고 있는 듯 보였다. 달덩이 같이 둥그스름한 얼굴, 옆으로 찢어진 작은 눈, 귀 밑으로 떨어지는 단발머리를 한 그녀는 다소 촌스러운 인상을 주었지만, 당당하였다. 꿈을 이루어 낸 사람이라는 사실을 굳이 듣지 않아도, 태도에서 느낄 수 있었다. 그녀가 나와 눈이 마주치자, 뜬금없이 물었다.

"넌 꿈을 위해서 뭘 했니?"

뜨끔하였다. 자신 있게 노력했다고 말할 만한 것들이 없었다.

"네가 보는 것처럼 나는 예쁘지도 않고, 세련되지도 않았어. 그렇다고 학벌이 좋거나 집안이 좋았던 것도 아니야. 그래서 나는 매일 같이 잠도 안자고 오직 공부하고 연습만 했어. 그리고 지금, 이루어냈지. 넌 내가 노력하는 동안 뭐했니?"

당황스러웠다. 쪽팔려서 쥐구멍이라도 있으면 숨고 싶었다. 등에서는 민망함에 식은땀이 흘러내렸고, 몸은 차갑게 식어갔다. 그녀가 맞았다. 나는 노력하지 않았다. 꿈을 꾸며 최선을 다한다고 말은 하였지만, 반복되는 일상 속에서 핑계만 대며 시간을 버리고 있었다. 꿈을 이루는 가장 중요한 것을 잊어버리고 있었다.

명확한 꿈을 향한 간절함.

40. 고양이와 대화

벨소리에 잠이 깼다. 엄마였다. 오랜만에 한 산책으로 집에 돌아오자마자 쓰러져 잠들었다. 전화벨은 계속 울렸지만, 받고 싶지 않았다. 화면이 밑으로 가도록 휴대폰을 뒤집었다. 잠시만이라도 꿈에서 들었던 말을 곱씹어보고 싶었다. 그녀가 한 말의 의미, 내 무의식이 나에게 하고 싶은 말, 다시 생각해보았다. 아무래도 고양이들이 필요하였다. 그릇을 채워줄 사료와 물을 챙겨들고 밖으로 나갔다. 버려진 유모차 속에서 세 고양이들은 서로에게 꼭 붙어 의지하며 추위를 이겨내고 있었다.

"안녕, 내가 밥 들고 왔다."

오랜 낮잠에서 깨어나기라도 한 듯, 앞다리를 쭉 뻗으며 내가 웅크려 앉아 사료를 붓는 자리로 걸어왔다.

"잘 잤어?"

어슬렁거리며 다가오는 고양이들에게 물어보았다.

"응, 낮잠이 그렇지 뭐. 날이 점점 추워지네."

그릇 앞에 앉아 자신의 몸 구석구석을 핥으며 대답했다.

"그러게, 너희는 어떻게 겨울 날 생각이야?"

"그냥 자연의 소리를 듣고 따라가는 거지, 뭐."

"자연의 소리?"

"응, 자연의 소리. 어디로 가야하는지 알려주는 소리."

"그래서 어디로 가야한다고 말해주던?"

"응, 장소는 아니고 지금 뭐 해야 하는지 알려줬어."

"뭐 해라고 말해?"

"네가 주는 사료를 맛있게 먹으라고."

"거짓말."

"진짠데. 그리고 네가 하는 말 잘 들어주라고."

"거짓말."

"진짠데. 그럼 네 이야기는 안하고, 우리 밥만 주고 들어갈 거야?"

"그런 건 아니지만."

"거봐. 무슨 말이 하고 싶었어?"

고양이들은 사료를 오도독 씹으며 물어보았다.

"누군가가 꿈에 나와서 나한테 이런 질문을 했어."

"무슨 질문?"

"나보고 무엇을 했냐고."

"무엇을 했냐니, 무슨 말이야?"

"꿈을 이루기 위하여 무엇을 했냐고 물어봤어."

"그래서 넌 뭐라고 대답했어?"

"나, 대답 못했지."

"왜, 한 게 없어서?"

"아니. 한 게 없어서가 아니라, 순간 당황해서."

"그럼 지금 우리한테 말해봐. 네가 무엇을 했는지."

"싫어."

"왜?"

"없으니까."

"없어?"

"응. 없어."

"글은 계속 쓰고 있다고 했잖아."

"응. 그렇지. 글은 계속 쓰고 있지."

"그런데 왜 없다고 말하는 거야?"

"결과가 없잖아. 난 무엇인가를 꾸준히 하고 있다고 생각했는데, 막상 그런 질문을 받으니까 대답할 수가 없더라고, 아무런 결과가 없으니까."

"진짜 그렇게 생각해서 대답을 못한 거야?"

"무슨 말을 하고 싶은 거야?"

"그냥, 궁금해서. 결과가 당장 없다고 과정이 없어지는 것은 아니잖아."

"그건 그렇지만, 넌 뭐가 궁금한 건데?"

"그냥, 정말 너 스스로 최선을 다했다고 생각하는지, 아니면 사실 최선을 다하지 않은 너 자신을 변명하기 위해서 결과 탓을 하는지. 궁금해서."

기분이 살짝 나빠졌다. 작은 마음에 상처를 받았다. 목소리가 약간 커졌다.

"난 최선을 다했어. 주어진 조건에서 할 수 있는 한 열심히 살아왔다고."

"그래, 네가 그렇다면 다행이고."

"응, 난 최선을 다하며 살아왔어."

"정말 후회가 남지 않을 정도로 최선을 다했지?"

"응, 후회가 남지 않을 정도로 열심히 했어."

서로 아무 말도 하지 않았다. 고양이들도, 나도, 알고 있었다. 매 순간 최선을 다하여 임하지 않았다는 사실을 말하지 않아도 알았다. 고양이들은 물을 홀짝거리며 나에게 잠시 생각할 시간을 주었다. 고양이들에게 만큼은 나를 속이고 싶지 않았다. 없는 내 모습을 마치 있는 것처럼 꾸미고 싶지 않았다. 있는 그대로 나를 말하고 싶었다. 솔직해지고 싶었다.

"아니야, 사실은 아니야."

"뭐가 아니야?"

"사실은 최선을 다하지 않았어, 최선을 다하지 않았어."

"갑자기 왜, 왜 그렇게 생각하게 됐어?"

"무슨 말이야?"

"왜 스스로 최선을 다하지 않았다고 생각하게 되었냐고."

"만약 내가 지금 꿈을 이루지 못한다면, 평생 후회할 것 같아서. 제대로 노력해보지 않았으니까."

"꿈을 이루지 못하는 상상을 해봤어?"

"아니, 한 번도 없어. 단 한 번도. 그런데 막 해봤어. 방금."

"꿈을 이루지 못하면 어떨 것 같은데?"

"마음이 너무 아플 것 같아. 칼로 심장을 도려내는 듯, 아릴 것 같아."

다시 꿈을 이루지 못한 나를 상상하니, 눈물이 솟구쳤다. 아랫입술을 깨물지 않으면, 금방이라도 터져 나올 것만 같았다.

"왜, 왜 마음이 아파?"

"확실하게는 아직 모르겠어. 그냥 존재 이유가 사라지는 것 같아서, 존재 가치가 사라지는 것 같아서."

말을 하니, 눈물은 금방이라도 흘러내릴 듯 차올랐다. 말끝을 흐리며 숨을 꼴딱꼴딱 삼켰다.

"있잖아. 사실, 꿈을 이루기 위해서 살면서 꼭 지불해야만 하는 것들이 있는데, 나는 그 중 하나도 제대로 지불해 본적이 없어. 다른 사람들한테 말만 번지르르하게 하면서 한 번도 제대로 끝까지 해본 게 없어. 그래서 꿈이 이루어지지 않는다면 슬픔을 감당할 자신이 없어. 끝장을 보지 못한 내가 원망스러워서."

"꿈을 이루기 위해 지불해야만 하는 거?"

"응, 꿈을 위해 포기해야만 하는 거."

"예를 들면 뭐가 있어?"

"뭐, 잠이라든지, 인간관계라든지, 뭐 그런 것들. 그런 거 있잖아. 완전히 작업에 몰두하지 못하게 방해하는 것들."

"왜 포기하지 않았어?"

"그냥, 그냥."

"혹시 꿈을 못 믿은 거야?"

"아니야. 난 그 누구보다도 내 꿈을 믿었다고. 작가가 될 거라고 믿었어. 그러니까 전공도 바꾸고, 모든 선택을 꿈에 맞췄잖아."

"잠시만, 나 이해가 안가. 너 방금 포기를 안 했다고 했잖아. 그런데 지금은 또 포기했네. 무슨 말이야."

"그러니까, 완전히 모든 것들을 포기하지 못했다고."

"그렇게 말하니까 이해가 되네. 그럼 넌 왜 꿈을 향하여 너를 완전히 던지지 못했어?"

"그냥."

"그냥?"

"응, 그냥."

"그래, 그렇다면 그냥."

"사실은, 그냥 무서웠어."

"뭐가?"

"실패하는 것이."

"실패하는 것이?"

"응, 실패하는 것이."

고양이들은 떨어지는 눈물을 보더니, 말을 이어가지 않았다. 조용히 바닥을 보며, 감정을 추슬렀다. 울고 싶지는 않았다.

"그런데 있잖아. 실패는 당연히 있을 수밖에 없는 거야. 실패하지 않는 삶은 없어."

"그건 나도 알아. 그래도 실패를 맞닥뜨리는 게 무서워. 있잖아, 끝없이 날아오는 거절 이메일에 아무렇지 않은 척 받아들이려고 하지만, 매번 이메일을 열 때마다 심장이 떨려와. 무서워서."

"무서운 건 자연스러운 거야. 거절당하는 걸 아무렇지 않게 생각하는 사람이 어디 있겠어. 숨이 붙어 있는 모든 생명체들은 모두 거절에 대한 두려움이 있어. 너만 그런 거 절대 아니야."

"너도, 두려워?"

"응. 나도 두려워."

"언제, 언제 뭐가 두려워?"

"우리 중에는 주인에게 버려진 애들도 많잖아. 사람이 좋아 다가가면 어떤 사람들을 때리기도 하고, 돌을 던지기도 하니까. 가끔, 밥에 독을 타기도 하잖아."

"그러네. 내가 대신해서 사과할게, 미안."

"아니야, 네가 사과할 필요는 없어."

"그래도."

"아무튼 처음부터 잘하면 신이지."

"그건 그렇지."

"그래, 처음부터 잘하는 사람은 없다는 사실을 알잖아. 다 실수하면서 배우는 거."

"응, 알긴 알지."

"그런데 왜 두려워 해?"

"그래도, 한 번 실패해서 넘어지면 다시 일어나지 못할 수도 있잖아. 사람 일은 모르는 거니까."

"왜 못 일어날 수도 있다고 생각해. 네가 못 일어날 거 같아?"

"완전히 없는 일도 아니잖아. 못 일어날 수도 있지."

"왜 그런 생각을 하는 건지, 모르겠네."

"원래 경쟁 사회에서는 실패를 하면 안 돼. 절대 실패를 하면 안 돼."

"경쟁 사회?"

"응, 경쟁 사회."

"넌 지금 누구랑 경쟁하니?"

"나, 몰라. 또래들이랑."

"무슨 경쟁?"

"몰라, 누가 더 빨리 성공하나."

"내가 봤을 때, 넌 경쟁 구도에서 살짝 빠져나와 있는 거 같은데."

"그런가."

"응, 넌 대기업에 들어가려고 하는 것도 아니고, 별도로 취업을 하려는 것도 아니면서 어떤 경쟁을 한다는 거야?"

"몰라, 그냥 경쟁하는 느낌이 들어."

"왜, 그럴까."

"제도 안에 속해 있으니까."

"제도 안에 속해 있다고?"

"응, 어쨌든 경쟁 사회에서 한 명의 사람으로 살아가는 거잖아."

"그런데 넌 제도를 안 따라가잖아."

"그게 무슨 말이야?"

"제도 안에 있으면, 넌 대학에 집중해야 하고, 대학 졸업장에 집착해야 하고, 대기업에 취직하는 거에 집중해야 하잖아. 그런데 넌 하나도 안 따르면서 왜 제도 안에 있다고 말하는 거야."

"제도가 뭐지."

"제도, 사회가 정해준 역할을 하며 살아가는 거."

"그래, 그렇게 보면 나는 제도 안에 없네."

"맞아, 넌 제도 안에 속해 있지 않아. 그냥 넌 너야."

"맞아. 난 그냥 나일뿐이야. 내 길을 갈 뿐이지."

"그런데 왜 계속 경쟁을 한다고 느끼는지 생각해본 적 있어?"

"아니, 그냥 그렇게 계속 느끼는 거야."

"어디서 느낄까?"

"무의식중에 우리는 서로 끊임없이 비교하잖아. 그리고 난 승부욕이 강해. 그러니까 경쟁에서 이겨야 한다는 생각이 남다르겠지, 뭐. "

"승부욕이 강한 거는 좋은 거야. 다만 너 자신이랑 싸워."

"나 자신이랑?"

"응, 너 자신이랑."

"나 자신이랑 싸워라, 구체적으로 뭐?"

"작은 습관들부터 쌓아야지. 충분히 잤는데도 계속 자고 싶어서 안 일어나는 거, 스트레스 받는다고 해야 할 일 안하고 미루는 거, 그런 거."

"너무 교과서적인데."

"원래 교과서는 정석을 가르치잖아. 기본적으로 지켜야 하는 것들."

"이론만 가르치긴 하지."

"그 이론만 잘 지키면서 살아도 인간다운 삶을 살 수 있어. 모든 변화는 지금 이 순간에 일어나고 있는 거야. 주어진 일상을 제대로 살아갈 때, 그 다음이 주어지는 거야."

"그런데 사실 나는 그것도 두려워."

"그것이라니."

"나랑 싸우는 거."

"네 자신이랑 싸우는 거?"

"응, 그거."

"왜?"

"솔직히 지금까지 나는 단 한 번도 내가 글을 써서 성공할 거라는 사실에 대하여 의심해본 적은 없어. 그걸 굳게 믿으면서 지금까지 버텨왔는데, 얻지 못했을 때에는 나 스스로가 엄청난 실망감을 감당하지 못하고 무너져 내릴 것만 같아. 자신이 없어."

"실패하는 걸 왜 상상해?"

"사람 일이라는 게 생각처럼 되는 게 아니잖아."

"그렇긴 하지만."

"두렵지. 사실은 내가 능력도, 재능도 없었으면서 혼자 자아도취하여 작가가 된다고 설치고 다녔던 것일 수도 있잖아. 그 모습을 상상하면 너무 초라해지니까, 가치 없어지고."

"누가 너에게 그런 말을 했어?"

"아니, 그런 건 아니지만 눈빛에서 느끼는 거지."

"뭘?"

"그런 거 있잖아. 내가 작가가 될 거라고 확신에 차서 이야기하면, 쏟아져 나오는 조롱의 눈빛, 정말 실패했을 때 들어야만 하는 비웃음들."

"그런 걸 왜 신경 쓰는 거야?"

"같이 사니까, 같이 살아가니까. 피하려고 해도, 내 마음대로 피할 수 있는 게 아니잖아."

"아니, 그냥 신경을 안 쓰면 되잖아."

"그게 말처럼 쉽지 않으니까 그렇지. 그게 말처럼 쉬우면 진작 이런 고민을 안 하겠지."

"그러면 넌 왜 그들이 비웃는다고 생각해?"

"내가 못해낼 거라고 생각하니까. 그리고 진짜로 내가 못해내면, 그들이 옳았다는 사실을 증명하게 되는 거니까."

"정말 그렇게 생각해?"

"그럼, 다른 거 있어?"

"봐봐."

"보고 있어."

"너의 실패를 보고 비웃는 사람은 없어. 그냥 그들은 안도의 한숨을 내쉬는 거야."

"무슨 말이야?"

"봐봐."

"보고 있어."

"그들은 자신들이 원하는 것에 제대로 도전을 해보지도, 이루지도 못했어. 간혹 그들 중에는 자신이 무엇을 하고 싶은지, 깊이 생각해보지 못한 사람들도 많아. 그치?"

"응."

"스스로를 사회가 정해놓은 틀에 맞추면서, 자신들은 현실적이고 사회를 잘 알기 때문에 꿈을 포기하고 맞추며 살아간다고 말하잖아."

"응."

"그들의 선택이 결단코 틀렸다고는 할 수 없어. 각자가 살아가야 하는 길은 서로 다른 거니까, 그리고 선택 역시 각자의 몫이니까. 하지만 너의 선택은 보편적으로 대부분의 사람들이 하는 선택과 생각하는 틀에서 벗어났잖아."

"그렇지."

"네가 꿈을 향해 달려가고 포기하지 않는 것을 보면서 부럽겠지."

"그럴까."

"응, 나라면 부러울 거 같아. 내가 못한 걸 다른 사람이 하고 있다면."

"한 번도 그런 생각을 해보지 못했어."

"지금 하면 되지. 아무튼 그렇기 때문에 그들은 너를 세상 물정 모르는 철부지로 만들어 버리면서 자신들의 선택만이 옳다고 말하는 거지. 다시 한 번 말하지만, 그들이 절대 틀리지 않았어. 다만 다른 거뿐이야. 그들이 추구하는 가치와 네가 추구하는 가치가 다른 거뿐이야. 그걸 받아들여야 해."

"다른 거뿐이라고."

"우리는 다름을 배우지 못했어. 맞다, 틀리다만 배웠지. 그래서 그런 거야. 그리고 만약 네가 한 번의 실패로 포기해버리면, 넌 너 스스로 그들이 옳고 네가 틀렸다는 것을 인정하는 거야. 그리고 포기한 너를 보고 그들은 틀리지 않았음을 기뻐하며 위로하겠지."

"왜, 왜 그들은 나의 실패로 위로를 받는 거야?"

"왜냐하면, 네 실패를 보면서 자신들이 꿈을 포기한 것은 냉혹한 현실을 제대로 파악해서 내린 어쩔 수 없는 선택이었다고 증명하게 되는 거니까. 모든 사람 안에는 꿈을 좇고 싶은 강렬한 욕망이 있는데, 그 욕망을 거부한 채 살아가는 것은 매우 힘들지. 그러니까 자신이 옳다고 믿어야만 하고, 믿을 수 있도록 해줄 만한 예시가 필요한 거지."

"싫다."

"뭐가?"

"그냥 그런 마음들이."

"싫어할 거 없어. 그냥 즐기면 돼."

"뭐?"

"그냥 즐겨. 넌 그냥 네가 해야 할 일에만 집중하면서 꿈들을 이루어 나가기만 하면 돼. 절대 포기하지 말고 끝까지 밀고 나가서, 이루기만 하면 되는 거야. 아까도 말했잖아. 각자의 삶을 사는 거야. 감사하게도 신은 모두에게 각각 다른 가치와 삶을 주셨고, 우리는 주어진 문제에 충실하면 돼. 그 누구도 틀리지 않았어. 너도, 그 사람들도."

"그런데 만약에 못해내면?"

"그런 생각을 지금 왜 하는 거야? 그건 진짜 실패하고 해도 늦지 않아. 네 자신을 오롯이 믿어도 될까 말까 한데, 지금 의심할 시간이 있니?"

"다시 한 번, 주변은 조용해졌다."

"있잖아."

"응. 우리 여기 있어."

"옛날에 누가 있었는데."

"응."

"겉으로 말은 나를 응원해준다고, 이해한다고 해서 그 말들을 믿었는데, 하루는 이런 말을 하더라."

"뭐라고?"

"내가 작가라는 꿈을 가지고 노력하는 것은 좋지만, 사실상 불가능하다고. 밥 먹고 살기 어렵고, 이루어지기 힘들 거라고, 그러니까 다른 길 알아보고 취미로 글 쓰라고."

"그런 일이 있었어?"

"응."

"그 말을 듣는데, 너무 기분이 나빴어. 상처였지. 마치 생각해주는 척하는 것처럼 느껴졌어.”

“그럴 수 있지. 그리고 그 말을 듣고 넌 뭐했어?”

“뭐 했냐니?”

“상처만 받으면 안 돼.”

“그 순간에는 어이가 없었는데, 나중에 그 말을 이해했어. 충분히 그렇게 생각할 수 있다고 이해했어.”

“그런데 지금 나에게 왜 그 이야기하는 거야?”

“그냥, 그런 일이 있었다고.”

“그냥은 아닌 거 같은데, 넌 아직까지 그 말에서 못 벗어난 거 아니야?”

“그 땐 자존심이 많이 상했으니까.”

“그래, 그래서 그 말을 듣고 한 행동이 뭐야?”

“그냥, 엄마한테 전화해서 욕했어.”

“그거 말고, 꿈을 현실로 바꾸기 위해서.”

“글을 다시 쓰기 시작했어.”

“잘했어. 감정만으로는 절대 안 돼. 알지?”

“응, 알아. 본질적인 문제를 찾기 위해서 깊이 생각해야만 한다는 거.”

“알아서 다행이다. 상처 받을 필요 없어.”

“응. 알고 있어. 상처 받는 게 아무 도움도 안 된다는 걸.”

“그래, 상처가 네 길을 막아서도록 만들어서는 안 돼.”

"응, 알고 있어."

"아무리 친한 사람이라고 하더라도 진심으로 너를 응원하기는 어려워."

"왜?"

"네 길을 이해할 수 있는 사람은 아무도 없으니까, 오직 너 밖에."

"슬프다."

"왜?"

"날 이해해줄 사람이 없다는 사실이."

"뭐가 슬퍼, 어차피 너도 그들을 이해하지 못해."

"무슨 소리야?"

"사람들이 착각하는 게 하나 있는데, 서로를 이해할 수 있다고 생각하는 거야. 하늘 아래 같은 거는 한 개도 없어. 심지어 쌍둥이들도 다르잖아. 서로 다 다른 생각을 가지고 살아가고, 다 다른 목적을 향해 나아가잖아."

"그래도 비슷할 수 있잖아. 생각하는 방식이나 살아가는 방식이."

"비슷할 수는 있지, 하지만 같은 거는 아니잖아. 비슷한 생각을 가지고 있다고 하여도 경험하는 것이 다르고, 세상을 바라보는 시선이 달라. 그러니까 경쟁도 필요 없는 거야."

"그게 어떻게 그렇게 또 넘어가?"

"서로 다 다르니까, 서로 다 다른 생각을 가지고, 다른 강점을 가지고 살아가는데, 경쟁을 해? 그냥 각자의 강점을 무기삼아 살아가면 되는데."

"듣고 보니 그런 거 같네."

"응, 그리고 사람들은 널 이해하는 것이 아니라, 널 사랑하는 거야."

"그건 또 갑자기 뭔 뚱딴지같은 말이야."

"널 믿고 응원하는 사람들은 네 길을 이해해서 믿고 기다려주는 것이 아니라, 널 사랑하니까 믿고 기다리는 거라고."

"헷갈려."

"뭐가 헷갈려. 이해는 머리가 하는 거고, 사랑은 가슴이 하는 건데."

"파노라마처럼 사람들의 얼굴이 스쳐지나갔다. 엄마, 아빠, 외할머니, 친구들, 동료들, 모두."

"무슨 생각해?"

"그냥 누가 날 사랑하는 지."

"그건 방에 들어가서 해도 될 거 같아. 나 말을 많이 했더니 피곤하다."

"그래, 그래. 들어갈게."

"근데 일어날 수는 있겠어?"

"당연하지."

"일어나다가 다시 힘없이 주저앉았다."

"아니, 아무런 감각이 없어. 아픈데?"

"빨리 자고 싶은데, 좀 더 앉아 있어야겠네."

"고마워. 금방 들어갈게."

"그렇게 해주면 감사하죠."

41. 원고

오랫동안 앉아 있느라 절였던 다리에 피가 통하기 시작하자, 방으로 들어왔다. 아무도 없는, 오직 나만을 위한 공간. 하얀 벽지에 나무색 가구들, 벽면을 빼곡하게 채운 기본 생활수칙들과 글을 쓰기 위한 아이디어들, 그리고 책장을 가득 메운 수백여 권의 책들, 작지만 내가 어떤 사람인지를 나타내고 있었다.

대학교 2학년 때, 전공을 바꾸고 난 후로는 작가라는 꿈에 대하여 한 번도 의심하지 않았다. 나는 당연히 글을 읽고, 쓰는 직업을 가지고, 유명해지리라고 굳게 믿었다. 다른 사람들이 아무리 나에게 뭐라고 한들, 나는 작가로서 세계에 큰 영향력을 미치게 될 것이라고 믿었다. 아마 모두들 불가능이라고 하는 말에 더 오기가 생겨, 믿었던 것일 수도 있다.

내가 인생이라는 긴 여정을 너무 만만하게 본 것은 아니었을까. 글을 쓰는 작업, 책을 완성하는 것은 그렇게 쉬운 일만은 아니었다. 생각했던 것처럼 마냥 즐겁기만 하지 않았다. 경기가 점점 나빠지자, 사람들은 책을 사기 위하여 지갑을 열지 않았다. 출판 시장도 힘들어졌고, 한국 작가들은 설 곳을 점점 잃어가고 있었다. 이쯤 되면 나 자신에게 솔직해져야만 했다. 아무리 힘들더라도 무엇이 문제였는지, 정확하게 봐야만 했다

사실, 원고를 끝까지 제대로 완성하여 출판사를 찾은 적이 없었다. 끝을 볼만한 용기가 없었다. 출판사에서 계속 거절을 한다고 하더라도, 꿈을 믿고 끝까지 버텨낼 수 있을지 확신할 수 없었다. 처음 기획안을 작성하고, 초고를 얻을 때까지만 하더라도 자신만만하였다. 곧 내 첫 책이 출판되어 서점에 깔려 베스트셀러가 될 것만 같았다. 별 내용도 없고, 글도 얼마 없는 책들도 책이라고 출판되는데, 내 글이 거절당할 일은 없을 것이라고 생각했다. 우선 기획안과 샘플을 만들어 출판사에 보냈다. 책을 통하여 하고 싶은 말들이 너무 많아 제대로 정리가 되지 않았지만, 괜찮았다. 쓰다보면 방향이 생겨나고, 작은 문제들을 자연스럽게 해결될 거라고 믿었다.

일을 막 시작하는 사람들에게만 주어지는 행운이었을까. 여러 출판사로부터 연락을 받았다. 그렇다고 내놓을 만한 성과는 없었다. 부푼 기대감으로 만난 그들은 나에게 실망만 안겨주었다. 그들은 내가 쓰고자 하는 글에는 관심조차 없었다. 힘들게 찾아간 한 출판사 대표는 나에게 편집자의 가능성이 보인다는 말을 하며, 한 달에 한두 번 정도 방문하여 아르바이트 비를 받으며 경리 일을 봐달라고 말하였다. 도대체 편집자가 하는 교정, 교열과 회계 장부를 관리하는 일은 어떠한 연관성이 있는지 아직도

모르겠다. 또 다른 출판사 대표는 내가 현재 쓰고 있는 주제는 아무도 사 읽지 않을 것이며, 출판되어도 백 권도 팔지 못할 것이라며, 미국 유학 경험을 적으라고 하였다. 그러면 조금은 팔릴 것이라 말을 줄였다. 괜찮았다. 그들도 그들이 그려놓은 그림이 있으니까, 흘려들을 수 있었다. 하지만 그들과의 대화에서 불편했던 것은 그들만이 옳다고 생각하는 자세였다. 나는 아직 어리고 출판 시장에 대하여 잘 모르니까, 무조건적으로 나는 틀렸다고 하는 식의 대화는 매우 불쾌하였다. 그러니까 너희가 그러고 있지, 라고 마음속으로 혀를 차며, 무시하려고 노력하였다. 너무 큰 기대였을까, 상처만 남겨주고 끝나버렸다.

그러던 중, 한 출판사 대표와 점심을 하게 되었다. 2시간이 넘도록 그는 원고의 방향성을 제대로 파악하기 위하여 계속 질문을 던졌다.

기획안도 그렇고, 글도 그렇고, 간절함이 느껴져요. 그런데 방향성이 없어요. 정확하게 말하고자 하는 주제가 하나 있어야지, 반은 갈 수 있더라고요. 만나서 대화를 하면, 방향성을 찾을 수 있을까 해서 우선 뵙자고 했어요.

그는 나에게 두 질문에 대하여 정확한 대답을 주기를 원하였다. 책을 통하여 무슨 말을 하고 싶은지, 책을 통하여 얻고 싶은 것이 무엇인지. 당시 나는 나름 명확하게 대답을 한다고 하였지만, 모호하였고 추상적이었다. 쓰고 있던 원고에 대한 명확한 그림 따위는 진작 없었다. 다른 사람들도 쓰니까, 나도 한 번 써보자는 식으로 원고를 적고 있었던 것이다. 작가에 대한 막연한 환상을 막연하게 따라만 가고 있었다. 첫 출판의 꿈은 그렇게 물건너 가버렸다. 원고도 완성하지 못한 채, 컴퓨터 폴더에 처박아 두었다. 그는 도와주려고 손을 내밀었지만, 나는 기회를 잡을 만큼 준비가 되어있지 않았다.

그 후, 한동안 서점에 진열된 책들만 보면 한숨이 나왔다. 심장이 도려나간 듯 마음이 아려왔다.

이런 것도 책이라고 세상에 나오는데.

왜 그들은 원고의 가능성을 못 보는 거야. 아이디어도 좋고, 글도 괜찮은데.

맨날 돈 되는 책만 만들어서 이익을 보려고 하니까, 그렇지. 책의 가치도 떨어지고.

자기계발서라고 하면서, 예전에 출판된 책 내용을 짜깁기해서 내는 건 뭐야.

이름을 많이 알린 기성 작가들에게만 잘하고, 이제 막 시작하는 작가들에게는 희생을 바라니까, 새로운 것이 없지.

출판 시장이 어려운 것은 다 스스로가 자초한 일이야.

마음이 풀릴 때까지 제도 탓만 하였다. 이루지 못하였던 꿈의 책임을 다른 사람들에게 돌려 버렸다. 출판하지 못한 이유는 내가 인지도가 없는 신인 작가이기 때문에, 출판하여도 판매 부수가 보장되지 않아, 출판하지 않으려고 한다고 믿어버렸다. 정작 본질적인 이유는 보려고 노력조차 하지 않았다. 문제는 나에게 있었지만, 나는 보려고 하지 않았다. 글을 쓰고자 하는 이유도 제대로 대답할 수 없었던 나를, 원고의 목적을 정확하게 알지도 못했던 나를, 생각했던 나의 모습보다 많이 부족했던 나를, 마주할 용기가 없었다.

그래도 뭐, 포기하지 않았으니까 배웠지. 또 배웠지. 그렇게 배우면서 나가는 거지. 간절함만으로는 절대 이루지 못한다는 거, 명확한 목표가 있어야만 간절함이 나아갈 방향이 생긴다는 거, 간절함이 분명해져야 희망이, 가능성이 생긴다는 거, 경험했으니까 배웠지.

컴퓨터 앞에 앉아, 다시금 기본 수칙들을 혼자 중얼거렸다. 처음부터 다시 시작하기로 마음먹었다.

제4장

신기루

말도 못하는 동물이 사람 때문에 도시에서 사는데, 사람들은 보호도 안 해주고, 괴롭히기만 하고, 죽이기나 하고, 너무 슬프잖아. 그런데 심지어 아프기도 하잖아. 현실이 너무 잔인하잖아. 고양이들은 약하니까, 사람들이 보호해야 하는데, 전혀 안 그러잖아. 약자는 결코 보호받지 못하는 거잖아.

42. 고양이 집

새벽부터 고양이들은 주차장에서 우당탕거리며 뛰어 놀았다. 고양이들이 뛰어다니는 소리에 밤새도록 잠을 설쳤다. 날씨가 상당히 추워져 걱정하였지만 괜한 걱정인 듯하였다. 기쁜 마음으로 고양이들을 한 번 들여다보고 일하러 갔다.

오늘은 스티로폼 구해다가 집 만들어 줘야지. 어디서 스티로폼 박스를 구하지? 바람도 세게 부는데, 바람 막아주는 거 하나 없이 버려진 유모차에서 부둥켜안고 버틸 수만은 없잖아. 이제 곧 영하로 떨어지고 말 텐데.

인터넷에 올라온 길고양이 겨울 집 만드는 방법은 간단해 보였다. 스티로폼 박스와 신문지, 그리고 안 입는 옷가지만 있으면 만들 수 있었다. 하루 종일 신이 났다. 즐거웠다. 학생이 가장 많은 날이었지만, 전혀 지친다는 생각을 하지 못하였다. 연신 콧노래만 불렀다. 괜히 고생을 사서 하는가 싶었지만, 생명을 살리는 일이라고 생각하니 빨리 집에 돌아가 작업을 시작하고 싶어졌다. 고양이들을 돌보면서 나 자신의 존재 가치를 인정받는 기분이 들었다. 유독 시간이 흐르지 않는 듯하였다.

일이 끝나자마자 친한 언니에게 들러 스티로폼 박스를 받았다. 스티로폼 박스를 한 번 물로 헹구고 길을 나섰다. 새하얗고 커다란 스티로폼 박스를 끌어안고, 지하철을 타니 사람들이 힐끗거리며 쳐다보았다. 괜찮았다. 신경 쓰지 않았다. 빨리 집에 돌아가 고양이 집을 만들어 줘야 한다는 기대만 부풀어 있었다. 어떻게 더 예쁘게, 더 따뜻하게 만들어줄 수 있을 지에 대한 고민만이 내가 생각하는 전부였다.

가벼운 발걸음이 문 앞에서 멈췄다. 방에 들어가기 전, 고양이들을 한 번 보고 싶었다. 옆에 스티로폼 박스를 잠시 내려놓고, 주차장을 둘러보았다. 평소와 조금 달랐다. 항상 셋이 붙어 있었는데, 그날따라 턱시도 고양이만 버려진 유모차에 앉아 있었다. 나머지 둘은 저만치 떨어진 의자에 앉아 주변을 예의 주시하고 있었다. 싸웠겠지, 라며 대수롭지 않게 넘겼다.

"안녕, 오늘도 잘 놀았지? 내가 오늘 스티로폼 박스를 구해왔거든. 곧 집 만들어줄게, 겨울나기도 건강하게 해야지."

고양이들의 움직임이 이상했다. 특히 턱시도 고양이는 거의 움직이지 않았다. 움직이더라도 매우 천천히 움직였다. 하루 종일 동네를 뛰어다닌다고 피곤해서 그런 거라고 생각하였다. 인사를 마치고 방으로 들어와 텔레비전을 틀었다. 혼자 있는 조용한 방에서 마치 누군가와 같이 이야기 하고 있다는 느낌을 받기 위하여 텔레비전 소리로 공간을 채웠다. 약간 시끌벅적해지자

덩달아 생기가 도는 듯하였다. 칼이 없어 가위를 들고, 스티로폼을 잘라냈다. 먼저 입구를 만들었다. 3센티미터가 넘는 스티로폼 옆구리를 오렸다. 생각했던 것보다 힘이 더 많이 들어갔다. 칼이 있으면 수월했을 텐데, 아쉬웠다.

뭐, 칼이 없으면 뭐 어때. 잘만 만들면, 칼이나 가위나 크게 중요한가? 오늘 내로 만들면 장땡이지.

내일 비가 온다고 하였으니, 온도는 훅 떨어질 것이었다. 그전에 집을 완성해야만, 고양이들이 추위를 피할 수 있었다. 아니면 고양이들을 보는 것이 마지막 날이 될 것만 같았다. 반복적인 운동에 팔이 아파왔다. 입이 벌어진 가위로 인해 손도 아팠다. 하지만 계속 노래를 흥얼거리며 곧 새 집에서 따뜻하게 겨울을 나는 고양이들의 편안한 얼굴을 상상하였다. 힘이 절로 났다. 구멍을 낸 스티로폼 바닥에 신문지를 두껍게 깔고, 전체적으로 신문지를 둘렀다. 테이프를 덕지덕지 발라 신문지가 벗겨지지 않도록 고정시킨 후에야 겨우 완성하였다. 뚜껑 위에 메시지를 적는 것도 잊지 않았다.

「혹한기 대비용 길고양이의 겨울집입니다. 이 곳 길고양이들이 추운 겨울을 무사히 보낼 수 있게 치우지 말아주세요. 작은 생명을 위한 따뜻한 마음 부탁드립니다. 겨울이 지나면 집은 바로 수거해 가겠습니다. 양해에 많은 감사드립니다.」

꼬박 3시간이 걸려 마무리를 지었다.

43. 동물병원으로

밤이 시작된 지 한참 흘렀다. 스티로폼 박스를 제공해준 언니에게 보여줄 사진을 몇 장 찍고 나갔다. 다행히 고양이들은 다른 곳에 가지 않고 그대로 앉아 있었다.

"너희는 유모차가 아니고, 왜 거기 있니? 여기 와서 이거 봐봐. 내가 만들었다. 완전 잘 만들었지?"

뿌듯한 마음으로 고양이들에게 보여주며 자랑하였지만, 아무런 반응이 없었다.

"이제부터 여기서 자. 따뜻하게."

유모차로 올라가는 길목 앞에 놓기 위하여 주변 정리를 하는데, 뭔가 이상했다. 턱시도 고양이가 둔하게 움직였다. 언제나 제일 먼저, 제일 빠르게 움직이는 아이였는데, 거의 움직이지 않았다.

"괜찮아, 어디 아파?"

고양이에 대한 지식이 많이 없었던 나는 불안해졌다. 대답할 기운도 없는 고양이에게 계속 물었다.

"턱시도, 왜 그래. 아침까지는 괜찮았잖아. 어디 아파? 오늘 뭐 잘못 먹었어?"

대답은 없었다. 다른 고양이들을 돌아보았다.

"오늘 무슨 일 있었니?"

적막한 침묵만이 공간을 채우고 있었다. 고양이들은 그저 슬픈 눈으로 바라보고만 있었다.

"눈 좀 떠봐. 눈을 왜 이렇게 천천히 깜빡거리니, 왜 안 쳐다봐?"

턱시도는 나와 눈도 마주치지 않고, 스티로폼 집만 한 번 스윽 쳐다보았다. 이상하였다. 어디가 아픈 것이 틀림없었다.

"새 집에 한 번 들어가 볼래?"

정신을 잃지 않도록 계속 말을 걸었지만, 아무런 반응이 없었다. 그러다 턱시도는 구토를 하듯 목을 앞으로 뺏다가 넣었다가를 반복하였다. 구토는 하지 않았다. 불안함이 현실이 되었다. 무서웠다. 어떤 것이든지 순리를 거스르는 것은 결코 좋은 징조는 아니었다. 먹었던 것이 뒤로 나오는 것이 아니라 다시 앞으로 나오는 것은 되새김질을 해야만 하는 소가 아닌 이상 분명 무엇이 잘못되었다는 신호였다. 병원에 가야만 했다. 토요일, 그것도 밤 11시 반을 넘긴 토요일이었다. 과연 아직까지 진료를 하는 병원이 있을까? 발을 동동 굴렀다.

그 자리에서 휴대폰을 꺼내 들었다. 검색 포털에 24시 동물병원을 찾았다. 손이 떨렸다. 안절부절 못한다는 표현이 이럴 때

쓰는 것이었다. 이제껏 이해하지 못하였던 단어의 표현이 제대로 가슴에 와 닿았다. 가만히 서있지 못하고 계속 움직였다. 한 자리에 서 있어도, 발은 앞으로 걷고 있었다. 긴장되는 마음을 최대한 가라앉히기 위하여 몸부림을 쳤다. 하지만 두근거리는 심장은 멈출 줄 모르고 계속 뛰었다. 쉽사리 가라앉기는 글렀다.

다행히 병원은 머지않은 곳에 있었다. 순간 잊어버리고 있던 중요한 사실이 하나 떠올랐다. 나는 고양이를 잡지 못하였다. 만지지도 못하였다. 결벽증에 가까운 성격, 몇 번을 확인하여도 마음을 쉽게 놓지 못하는 강박증과 '그래도'를 입에 달고 다니는 불안증은 어디를 돌아다니고 있는지도, 무엇을 먹었는지도 정확하게 모르는 길고양이를 만지지 못하도록 막아섰다. 혹시 물거나 할퀴어 감염이라도 될까봐 한 번도 만지지 않았다. 하지만 나에게는 선택지가 없었다. 병원을 가야만 했고, 그러기 위해서라면 손으로 들어 박스에 넣어야만 했다. 우선 가위로 방금 만들었던 새 집 뚜껑을 열었다. 그리고 장갑과 수건을 들고 나와 고양이를 잡았다. 물 먹은 솜처럼 축 쳐지는 고양이의 몸은 생각보다 많이 무거웠다. 자그마한 몸통을 새집에 고이 집어넣고, 뚜껑을 닫았다. 병원으로 향하였다.

마침 겨울의 시작을 알리는 비가 내리기 시작하였다. 우산을 쓴다고 하였지만, 어깨에서 계속 흘러내려 결국 우산을 접었다. 얇은 긴팔 티셔츠에 잠옷 쫄바지, 삼선 슬리퍼를 끌고, 고양이가 있는 박스를 챙겨 들었다. 그리고 택시를 타기 위해 걸었다. 뛰고 싶었지만, 뛸 수가 없었다. 비에 젖어가고 있었지만, 고양이는 젖으면 안 된다는 생각에 집 뚜껑을 필사적으로 사수하였다. 두 다리는 조심스럽게, 하지만 최대한 빨리 움직였다. 아픈데, 체온까지 떨어지면 위험하니, 절대 비가 고양이 집 안으로 들어가지 않도록 꼭 붙잡았다. 택시 기본요금 거리에 위치한 24시간 동물병원을 찾았다.

미리 전화를 하고 방문한 터라, 간호사들과 의사는 대충 상황을 파악하고 있었다. 기본적인 검사를 위해 고양이는 안으로 들어갔다. 한 시름 놓았다는 생각에 다리 힘이 풀렸다.

이제 됐다. 이제 다 됐다.

안도의 한숨을 내쉬었다.

44. 가족

　5분 뒤, 고양이의 상태를 살펴본 의사 선생님이 어두운 낯빛으로 나를 불렀다. 단순한 소화불량은 아닌 듯 보였다.

　"검사를 더 해봐야 할 것 같습니다. 그런데 길고양이이기 때문에 보호자분께 먼저 묻습니다. 만약 집고양이 같으면 주인 분께서 치료하는데 큰돈이 나가는 것을 감안하시고 치료를 받으시지만, 길고양이에게는 어려운 일입니다. 냉정하게 생각해보시고 결정하세요."

　"네, 우선 설명부터 해주세요."

　의사 선생님은 컴퓨터 화면에 검사 비용을 먼저 계산해주셨다. 예상 금액보다 큰돈이었지만, 그냥 하고 싶었다. 치료를 해서 꼭 건강하게 돌아왔으면 하였다. 정확하게 어떤 상황인지, 얼마나 심각한지 모르겠지만, 우선 고칠 생각으로 왔으니 비싸도 하고 싶었다.

　"그냥, 먼저 검사해 주세요."

　"네. 알겠습니다. 그러면 밖에서 잠시 기다려주세요."

　본격적으로 검사를 하러 들어가니, 괜히 설렜다. 이 돈 쓰고,

다시 풀어주면 아까우니까, 치료 끝나면 내가 데리고 살아야지. 새로운 가족이 생긴다는 상상에 마음이 들떴다. 운명 같은 인연이라며 감탄하였다. 고양이와 함께 살기 위하여 준비해야 하는 물건 목록을 적어 내려갔다. 친구들에게 문자로 고양이를 키우게 될 것 같다며 말하는 것도 잊지 않았다. 하지만 검사 도중, 잠시 나온 간호사는 매우 심각한 표정은 다시 불안하게 만들었다. 데스크를 지키고 있던 간호사와 고양이 상태에 대하여 이야기하였다.

"바이러스 감염이 많이 심각한데."

심장이 하늘에서 툭 떨어지는 기분이었다.

"죽는 건가요, 살 수는 있는 거겠죠?"

희망을 놓치고 싶지 않았다. 죽을 거라고 생각하기 싫었다.

"아직은 확실하지 않아요. 곧 의사 선생님께서 부르실 거예요."

걱정스러운 표정으로 한마디만 남기고 다시 안으로 들어가 버렸다.

"아니야, 아니야. 살 수 있어. 생명은 강해. 어리고 약해보여서 힘들 수도 있지만, 버티려면 버틸 수 있을 거야."

같은 문장을 혼자서 계속 중얼거리며, 힘없이 앉아 있었다.

45. 팔자

강하다는 것, 그리고 버틴다는 것, 그것이 정확하게 무엇인지 몰랐다. 다만 그래야만 할 것 같아, 강한 척 버텼다. 현실을 버텨 내야만 한다는 생각 하나만으로 스스로를 지켰다. 모든 것들을 포기하고 싶었던 순간들이 스쳐지나가자 삶에 대한 질문이 다시금 머릿속에서 떠올랐다. 언제부터 삶에 대하여 회의감을 느꼈지? 언제부터 나는 버틴다는 생각으로 살아왔지? 무엇이 나를 버티게 했지?

보이는 모습과 달리 나의 삶은 순탄하지만은 않았다. 언제나 힘든 순간들이 찾아왔고, 고민들이 넘쳐났다. 인간관계가 되었든, 돈 문제가 되었든, 미래에 관한 것이었든, 언제나 감당하기 버거운 고민들이 어깨를 짓누르고 있었다. 그리고 당장 내 앞에 놓인 문제들이 크게 느껴질수록, 다른 사람과 나를 비교하며 삶을 원망하였다. 결코 그들이 고민 없이 살아가는 것도 아니었는데 말이다.

정말 내가 무엇을 그렇게 잘못했기에 이렇게 힘들게 살고 있는 거지? 왜 이렇게 팔자가 사납지?

졸업하지 못하고 중간에 끊겨버린 유학 생활, 제대로 자리조차 잡지 못하는 서울 생활, 누구와도 안정적인 관계를 맺지 못하고 떠도는 연애, 위태롭게 이어지고만 있는 삶에 대하여 느껴지는 원망 어린 부모님의 시선과 한심하게 여기는 듯한 친척들의 뒷말, 그 누구에게도 온전히 기댈 수 없었던 시간들이었다. 혼자서 아픔을 버텨내야만 했고, 스스로의 눈물을 홀로 닦아야만 했다.

잘하고 있다는 말이 너무 듣고 싶었다. 잘 살아가고 있다는 말, 잘 버티고 있다는 말, 조금만 더 버티면 괜찮아질 것이라는 말을 듣고 싶었다. 꿈을 짓밟으려 하지 않는 것만으로도 감사하였다. 현실에 관심을 가져주지 않는 것에 오히려 감사하였다. 무시해 주는 것이 더 자극제가 되었다. 무엇을 할 것이냐, 어떻게 밥 벌어먹고 살 것이냐 하는 질문을 받아내야만 했고, 언제나 나는 글을 써서 작가가 될 거라고 대답하였다. 하지만 그들은 절대 거기서 대화를 멈추려고 하지 않았다. 글 써서는 밥도 못 먹고 산다고, 정신차려라고 잔소리를 하였다. 나는 지기 싫었다. 받아들이기 싫었다. 만약 공격적으로 대답을 한다면 서로에게 상처라는 사실을 잘 알고 있었기에 뭉뚱그려 대화를 넘겨버릴 뿐이었다.

"그건 가봐야 알죠."

그들은 나의 대답을 언제나 기분 나쁜 침묵으로 받았다. 마음속 다짐은 단단해졌다. 그들의 노파심이 얼마나 쓸데없는지 깨닫게 해주겠다고 마음을 굳혔다. 네가 못한다고 하더라도 나는 끝까지 해내고 말거라는 의지. 지금은 보잘 것 없지만, 결코 헛된 시간을 보내는 것이 아니라는 믿음. 마지막 승자는 결국 내가 될 거라는 확신. 상황에 굴복하지 않고, 나만의 길을 묵묵히 걸어간다는 자부심. 나를 버티게 해주었다. 아무리 팔자가 사납고, 현실은 버거워 숨이 막혀 온다고 하더라도 더 큰 세상을 위한 준비이며 누구보다도 빛나게 될 것이라는 믿음 하나만으로 버텼다.

46. 생명력

믿음으로 버티는 것도 한계가 있었다. 세상은 절대 쉽게 원하는 것을 주지 않았다. 어릴 때 배웠던 이론들은 현실에 적용되지 않았다. 노력하여도 이루어지지 않는 것들이 있었고, 원하여도 얻지 못하는 것들이 있었다. 최선을 다하는 것이 전부가 아니었다.

현실이라는 장벽 아래에서 할 수 있는 일은 매우 제한적이었다. 꿈도 좋았지만, 당장 먹고 사는 문제가 앞을 가로막고 있었다. 생활의 안정, 즉 먹고 사는 문제와 꿈을 따라가는 문제는 하나를 선택하면, 하나를 포기해야만 하는 문제처럼 보였다. 글을 쓴다는 핑계로 학원에서 맡은 일을 대충할 수는 없었다. 아무리 작은 일이라도 맡은 일에 대하여 최고의 결과를 만들어내고 싶었고, 그것이 책임이라고 생각했다. 그렇게 일에 집중하다 보면, 개인적인 시간들이 사라졌다. 집에 돌아와서도 높은 성과를 내기 위하여 고민하였고, 일을 찾아서 하였다. 그러면서 글을 적는 시간은 자연스럽게 줄어들었다. 중간은 존재하지 않았다.

딸, 운동은 꼭 해야만 한다. 체력이 뒷받침이 되어야 하고 싶은 걸 할 수 있다.

불현듯 아빠의 목소리가 들렸다. 체력이 국력이라며 운동을 강조하던 아빠의 한 마디가 귓가를 스쳐지나갔다. 아빠의 말이 맞았다. 문제는 현실과 꿈을 적절하게 유지할 수 있는 균형이 없는 것이 아니라, 체력이 꿈을 뒷받침해주지 못한다는 사실이었다. 체력이 약했기에, 버티는 힘도 오래 지속되지 못하였다.

결국 삶의 모든 문제는 아침에 눈을 떴을 때부터 시작했다. 오늘도 계속하여 살 것인지, 포기할 것인지. 그 다음이 무엇을 할 것이며, 어떻게 해결해 나갈 것인지에 대한 질문이었다. 오늘을 포기한다는 것, 결국 나의 인생을 포기한다는 뜻이었다. 즉 어떠한 종류이든, 죽음을 말하였다. 과연 나에게 죽음을 선택할 권한이 있을까? 내가 태어난 것이 나의 의지가 아니듯, 죽는 것 또한 나의 의지가 아니라는 말처럼, 과연 나에게 삶을 마무리 지을 권한이 있기는 한 걸까. 운명이 다한 생명력은 너무나도 허무하게 가버리지만, 아직 끝나지 않은 생명력은 매우 질기다. 과연 내가 그 질긴 생명력을 끊어낼 수 있을까, 끊어져 나갈 때까지 버텨야 하는 육체적 고통을 버틸 수는 있을까, 자신이 없었다. 사는 것도, 죽는 것도, 결국은 버티는 것에 관한 문제였다.

한 때, 죽음에 대하여 덤덤해지는 나를 발견하였다. 죽음에 대하여 어떤 감정도 느끼지 않는 나의 모습을 보았을 때, 살짝 스스로가 무서워졌다. 왜 나는 죽음에 대하여 무감각해지려고 하였을까. 무엇이 죽음 앞에서 나를 고요하게 만들었을까. 절실하게 살고 싶었다. 이루지 못한 꿈으로, 다 표현하지 못한 사랑으로, 매 순간 최선을 다하지 못한 미련으로 인생에서 한 번 쯤은 미친 듯이 살아보고 싶었다. 만약 죽음을 두려워하지 않는다면 삶의 모든 순간에서 더 적극적일 수 있지 않았을까 하는 마음이었다. 너무 살고 싶었기에 죽음을 두려워하지 않도록, 죽음을 느끼지 못하도록 자신을 채찍질했다.

쉽게 얻어지는 것은 없었다. 쉽게 얻어지는 만큼, 가치를 빨리 잃어버리게 되었다. 원하는 것을 얻기 위하여 그만한 대가를 반드시 치러야만 하였다. 원하는 인생을 얻기 위해서 죽음을 두려워하지 않아야만 했다. 원하는 것을 얻기 위하여 집중할 수 있는 힘이 필요했다. 최선을 다하는 것은 어쩌면 포기하지 않고 또 오늘을 살아가는 것이었다.

47. 살 기회

　의사 선생님께서 나를 진료실로 불렀다. 한층 더 무거워진 눈빛으로 매우 조심스럽게 입을 열었다.

　"고양이 상태가 너무 좋지 않아, 정밀 검사를 해야만 할 것 같습니다. 전에도 말씀드렸듯이, 만약 집에서 기르시던 아이라면 문의를 드린 후에 바로 진행을 하겠지만, 길에서 있던 아이이기 때문에 먼저 금전적인 부분에 대하여 설명을 드려야 할 것 같습니다."

　"네."

　불안하였다. 분명 좋은 소리는 듣지 못할 것이었다.

　"우선, 바이러스 감염이 매우 의심되는 상황이라, 혈액 검사를 먼저 해야만 합니다. 그리고 만약 양성으로 나온다면 치료비 부분은 더 많이 늘어날 수 있습니다."

　의사 선생님은 컴퓨터 모니터를 내가 볼 수 있도록 돌리고, 병원 프로그램을 통하여 금액을 계산하며 설명해주었다. 해야 하는 혈액 검사가 뭐 그렇게도 많은지, 설명을 하면서도 손은 계속 마우스를 눌렀다. 총 검사 예상 비용이 20만원을 조금 넘었다.

어느 정도 예상은 하고 있던 금액이었다. 고양이를 살리는 비용은 결코 적지 않을 것이라고 예상은 하고 있었다. 치료를 마치면 나랑 같이 살 아이니까, 내가 키울 거니까, 망설임 없이 진행해달라고 부탁했다. 의사 선생님은 다시 안으로 들어갔고, 나는 로비에 덩그러니 앉아 결과를 기다렸다. 12시가 넘은 시간, 비는 계속 내리고, 모든 건물에 불은 꺼져 있었다. 오직 동물병원만 밤을 밝히고 있었다.

하느님, 그런데 길에서 돌아다닌다고 치료를 못 받고 죽는다면 너무 억울하잖아요. 한 번은 행복하게 먹는 걱정 없이 살 기회는 주셔야 하는 거잖아요.

죽음의 숨결이 느껴지는 순간, 오랫동안 찾지 않았던 신을 찾았다.

48. 특목고 교환학생

　선택의 시간이 찾아오면, 막상 결정을 내리는 데에는 오래 걸리지 않는다. 선택 전에, 우리는 오랫동안 그 문제를 가지고 소원하기도 하고, 걱정하기도 하며, 생각할 시간을 충분히 가지기 때문에, 선택지가 눈앞에 놓이는 순간에는 오래 고민하지 않고 답을 내린다. 그리고 그 선택들이 모여 삶을 변화시킨다.

　처음 미국을 갈 때에도 그랬다. 중학교 1학년, 학교에서 미국 대학에 대한 다큐멘터리 영상을 하나 보여주었다. 하버드 생들이 치열하게 공부하는 모습과 고전적인 건물들이 어우러진 장면에 나는 전율을 느꼈다. 돈을 많이 벌고 싶던 마음이 강하였고, 그곳에 가면 돈을 많이 버는 직업을 얻을 수 있을 것만 같았다. 세계에서 제일 돈이 많다고 하는 빌 게이츠도 미국 사람이니까, 나도 미국에 가야만 했다. 큰 물고기 되기 위해서는 큰물로 나가야만 했다. 중학교 내내, 미국 대학을 가겠다는 생각 하나만으로 유학 관련 서적들을 읽으며 자료를 모았다. 미국 대학에 진학하지 못한다면, 대학원이라도 꼭 가고 싶었다.

　특목고로 진학하는 것이 미국 대학에 가기 유리해 보였다. 많은 특목고에서 유학을 많이 보내고, 유학을 준비하는 환경이 잘 조성되어 있었다. 당시에도 미국 유명 대학을 잘 보내기로 알려진 고등학교가 몇 군데 있었지만, 중2병을 심하게 앓던 나에게는 꿈도 꿀 수 없었다. 괜한 자존심에 일반 인문계 고등학교는 가고 싶지 않았다. 남들과 다르고 싶은 욕심으로, 전국에 있는 모든 특목고들을 찾아보았다. 경쟁률과 전형을 검색하며 상대적으로 만만해 보이지만, 허접해 보이지 않는 학교 목록을 적었다. 당연히 될 것이라고 믿으며 지원하였다. 엄마, 아빠도 기대하지 않았던 외고를 그렇게 다니게 되었다. 하지만 그곳도 결국 한국이었다. 아무리 글로벌을 외쳐도, 대학 입시가 고등학교 3년의 목적이었고, 최종 목표였다. 오직 치열한 경쟁 속에서 줄서기에 급급한 공부만을 강요했다. 중학교 때 공부 좀 했다는 아이들이 모여 경쟁을 하니 성적은 고만고만하였고, 조금만 긴장을 늦추어도 성적은 떨어질 수밖에 없었다. 그곳에서 나는 내가 공부 체질이 아니라는 사실을 알게 되었다. 입시 지옥을 외치며, 거품을 물고 욕을 하였다. 그러던 어느 날, 같은 반 친구가 지나가는 말로 던졌다.

"나 이번에 미국으로 교환학생 가는데, 너도 갈래?"

미국이라는 단어가 내 귀에 그대로 꽂혔다. 그 전까지만 하여도 대학을 진학하기 전에 가는 유학은 나와 전혀 관련 없는 이야기처럼 들렸다. 성인이 되기 전에 유학을 가는 것은 돈이 많이

들기 때문에, 감히 상상도 하지 못했던 시나리오였다. 몇 천만 원을 우습게 넘어버리는 유학 자금을 대기에는 우리 집은 지극히도 평범한 집이었다. 외고 학비도 비싸서 깜짝깜짝 놀라는 상황이었는데, 미국 사립학교 학비를 감당하기는 불가능한 일처럼 보였다. 꿈을 너무 오랫동안 꾸었던 것일까, 기회가 왔음을 느낄 수 있었다. 놓치고 싶지 않았다. 꼭 가야만 했다. 만약 놓친다면 언제 또 기회가 찾아올지 예상조차 할 수 없었다. 유학 다음을 먼저 생각하고 싶지 않았다. 점심시간이 시작되자마자 엄마에게 전화를 걸었다.

"엄마, 나 교환학생 갈래."

5개월 뒤, 나는 옷과 생필품을 챙겨 미국행 비행기에 몸을 실었다. 비행기가 한국을 떠나는 순간, 삶의 모든 상황이 바뀌었다. 더 이상 시험만을 위한 주입식 공부를 하지 않아도 괜찮았다. 책상 앞에 오래 앉아하는 공부만을 강요받지 않았다. 정해지지 않은 미래를 위하여 꽃다운 10대를 희생하지 않아도 괜찮았다. 삶이 완전히 바뀌었고, 시야도 넓어졌다. 그리고 깨달았다. 선택은 순간이라는 사실을, 그 순간을 위하여 주어진 작은 시간들을 진심으로 대해야만 한다는 사실을, 그리고 아주 가끔은 나를 위하여 이기적일 필요가 있다는 사실을 깨달았다.

49. 파보 바이러스

의사 선생님께서 나를 다시 불렀다. 어두운 표정으로 잠시 고민하다, 힘겹게 말을 시작했다.

"파보 바이러스에 감염되었습니다. 지금 검사결과를 보면, 뚜렷하게 빨간 줄이 있는 것으로 보아, 바이러스 복제 마지막 단계까지 모두 마친 듯 보입니다."

"그러면 어떻게 되나요, 살 수는 있나요?"

"살 가능성은 희박합니다. 아마 오늘 밤이 고비이고, 이 고비를 넘긴다고 하여도 최대 삼일은 버텨내야 회복 가능성이 조금씩 생깁니다. 그렇다고 완치가 되지는 않습니다."

"가능성이 낮아도, 어쨌든 지금 살 가능성은 있다는 말씀이죠?"

"네, 그러니까 아이가 버텨준다면 살 가능성은 있습니다. 하지만 그렇다고 하여도 완치는 어렵습니다. 평생 조심해야만 합니다. 집고양이라면 치료를 시작하도록 말씀을 드리겠지만, 길고양이라서 어떻게 말씀을 드려야할지 어렵네요."

"무슨 말씀이시죠?"

"병원비가 좀…."

의사 선생님은 말끝을 흐렸다.

"얼마정도 되나요?"

오직 고양이가 살아나야만 한다는 생각에, 바로 되물었다.

"화면 보면서 설명 드리겠습니다."

우리는 화면을 보았다. 의사 선생님은 당장 들어가야 하는 치료들을 클릭하였고, 예상했던 것보다 훨씬 큰 금액이 나왔다. 고비를 넘긴다고 하여도 입원하여 치료를 받아야하기 때문에, 수액, 혈액주사, 입원비 등 하루에 들어가는 돈만 십만 원이 넘었다. 열심히 계산기를 두드렸다. 한숨을 몰아쉬며 고민하는 나를 보며, 의사 선생님께서 한마디 하셨다.

"의사로서는 치료를 해야 한다고 말씀드리고 싶지만, 냉정하게 생각하시는 것이 좋습니다. 결코 적은 돈이 아니기 때문에 많은 부담이 되실 거예요."

알고 있었다. 의사 선생님이 말한 3일만 병원에 있다 하여도 최소 삼십 만원이었고, 만약 추가로 파보 외의 질병이 발견되어 계속 치료를 하게 된다고 하면 돈은 기하급수적으로 늘어날 것이 뻔하였다. 과연 그 큰돈을 내가 감당해낼 수 있을까, 의문이 들었다. 만약 내가 수십 억대 자산가라면, 아니 연봉이 사오천만 된다고 하더라도 과감하게 치료해달라고 말했을 것이다. 하지만 슬프게도 나는 그렇지 못했다. 당장 내 입에 풀칠하기도 바빴다.

만약 그 큰돈을 쓰고 나면 다가오는 월급날까지도 내가 버텨낼 수 있을지 몰랐다. 의사 선생님께서는 말기이기 때문에 가능성이 너무 낮아 부담을 가지지 말라는 듯 계속 말했다. 특히, 기르던 고양이가 아닌 길고양이여서 치료비가 더 큰 부담으로 느낄 수 있다고 하였다.

"선생님, 저 수액부터 먼저 좀 주세요. 잠시 생각할게요."

"네, 잘 생각하셔야 해요."

"네, 알겠습니다."

다시 로비에 앉았다. 의사 선생님께서는 매우 현실적인 말들을 해주었다. 하지만 귀에 들어오지는 않았다. 솔직히 파보 바이러스가 뭔지 내가 알바는 아니었다. 치사율이 90퍼센트가 넘든, 꾸준한 치료가 필요하든, 생명을 포기하고 싶지 않았다. 처음 밥을 주기 시작할 때부터 마음먹고 시작한 일이었다. 끝까지 책임지겠다고 스스로에게 약속한 일이었다. 죽음이 바로 앞에 와있다고 치료도 제대로 해보지 않고 포기하고 싶지 않았다. 1퍼센트든, 2퍼센트든 살 수 있는 가능성이 있다면 해보고 싶었다. 내 이야기도 들어준 아이를 그렇게 보내고 싶지 않았다. 주인이 없다고, 홀로 길에서 살아간다고 제대로 치료받지 못한 채 죽음을 맞이해야만 한다면 너무 억울할 것만 같았다. 살기 위하여 노력한 번 제대로 해보지 못하고 포기해야만 한다면 하늘이 원망스러울 것 같았다. 결정은 내려졌다. 의사 선생님을 불렀다.

"네, 결정은 내리셨나요?"

"네."

"어떻게 하시겠어요?"

"그냥 치료해주세요."

"괜찮으시겠어요?"

"네, 우선 딱 삼일만 해주세요. 그 후는 경과를 보면서 결정해야 할 것 같아요."

"네, 알겠습니다."

"아이 한 번 보고 가도 될까요?"

"네, 들어오세요."

내가 만들어준 스티로폼 집 안에서 몸을 동그랗게 웅크린 채, 쉬고 있었다. 진통제를 맞아서 그런지 많이 아파보이지는 않았다. 다만 피곤해 보였다.

우선 버텨만 내라. 버티고 나면, 그러고 나면 우리 다시 생각해보자. 지금 당장 눈앞에 있는 문제부터 해결하자. 지금은 네가 버텨내야만 해. 그럼 또 길이 생길 거야. 내일 다시 올게. 힘내고, 조금만 더 버티자.

치료가 어떻게 될 것인지 설명을 듣고 난 후, 입원 동의서를 작성하였다. 만약 심장이 멈추거나, 의식을 잃어버리면 심폐소생술을 하는 것에 동의하며, 추가 비용이 든다는 사실을 설명 들었다는 내용이었다. 발걸음이 무거웠다. 삼일이 지나면 이 아이가 살 것인지, 죽을 것인지 결정 난다. 눈앞에 주어진 선택지에는 죽이느냐, 살리느냐의 문제였고, 나는 살리는 것을 선택하였다. 삶은 마지막 순간마저도 절대 포기하지 말아야 했다.

50. 죽음

병원비를 결제하고 집으로 발걸음을 재촉하였다. 턱시도는 지금 병원에 있지만, 분명 다른 고양이 두 마리는 감염 위험성을 안고 밖에서 기다리고 있을 것이기 때문이었다. 셋이서 매일 끌어안고 서로를 핥아주었으니, 분명 감염될 가능성이 높았다. 집에 도착하자마자 바이러스에 감염된 장소를 치우고, 새로운 집을 만들어 주어야 했다. 마음이 급해졌다. 분명 내일이면 온도가 뚝 떨어질 텐데, 당장 추위를 피할 곳이 필요했다. 집에 돌아와 주차장을 둘러보니 고양이들은 그 자리에 그대로 앉아 있었다.

"턱시도는 지금 병원에 있어. 며칠 동안 병원에서 지내면서 치료받을 거야. 둘이서 사이좋게 잘 놀고 있어야해. 그리고 지금은 밖에 비가 오니까, 나가지 말고 여기 가만히 있어. 집 빨리 만들어줄게."

남은 고양이들은 숨을 헐떡거리며 말하는 나를 두 눈 동그랗게 뜨고 쳐다보았다.

"추우니까, 여기 있어. 곧 집 만들어줄게."

옷을 갈아입을 시간이 없었다. 모두가 잠든 늦은 밤, 박스를 구해야만 했다. 마음은 급한데, 몸은 따라주지 않았다. 슬리퍼는 계속 미끄러지고, 우산은 걸리적거리기만 하였다. 최대한 빨리 움직여야만 했다. 아이들이 감염된 곳에 앉기 전에, 집을 만들어야 했다. 그래야 아이들도 추위를 피해 쉴 수 있으니까. 집 주위에 위치한 편의점으로 들어갔다. 하얗게 겁에 질린 얼굴을 하고 떨리는 목소리로 물었다.

"버리는 박스 없어요?"

편의점 아르바이트는 당황해 하였다.

"많아요. 필요한 만큼 가져가세요."

그는 창고에 쌓여있는 박스를 보여주었다. 나는 큰 박스들을 두어 개를 주섬주섬 챙겨들고 나왔다. 한 손에는 우산을, 한 손에는 박스를 들고 집으로 뛰었다. 그 순간 전화벨이 울렸다.

예상치 못한 소리에 놀라 멈춰 섰다. 가로등 하나만이 어두운 골목길을 밝히고 있었고, 비는 추적추적 슬프게 내렸다. 불길한 기분이 들었다. 잠시 박스를 발등 위에 올려두고 전화를 받았다. 역시 동물병원이었다.

방금 고양이에게 호흡 정지가 한 번 왔습니다. 내원해주실 수 있으신가요?

"네, 지금 당장 가겠습니다."

"알겠습니다."

대화는 짧게 끝났다. 마음은 더 급해졌다. 방 안에 박스를 던져 넣고 급히 택시에 올라탔다. 다시 전화가 걸려왔다.

"혹시 오고 계신가요?"

"네, 지금 가고 있어요."

"알겠습니다."

"네."

두 번째 통화도 내용 없이 짧게 끝났다. 병원에 도착하였고, 고양이는 죽어있었다.

단체 화장을 부탁하고, 병원을 나왔다. 비는 계속 내렸다. 드디어 겨울을 온전히 느낄 수 있었다. 너무 추웠다. 머리가 복잡하여 집까지 걸어가고 싶었지만, 매정하게 떨어지는 빗방울에 택시를 탔다.

아니야, 턱시도는 죽었지만, 다른 고양이 둘은 아직 살아 있잖아. 빨리 가서 치워주고, 둘을 돌봐 주어야 해.

밤새 주차장 청소를 하고, 박스로 고양이 집도 만들었다. 신문지도 깔고, 입지 않는 옷도 넣어 새 집을 만들었다. 있던 사료와 물도 다 버리고, 새 사료와 물을 주었다. 다음 날, 어김없이 떠오르는 태양을 보고 잠에 들었다.

얼마 동안 고양이들이 보이지 않았다. 사료는 조금씩 사라지는 것을 보니, 죽지 않은 듯하였다. 찾아와 밥을 먹기는 하지만, 얼굴은 통 보여주지 않았다. 더 따뜻한 곳을 찾아 떠난 거라고 믿었다. 바이러스로 인해 차가운 바닥에서 쓸쓸히 죽지 않았을까 걱정되었지만 오히려 죽음을 보지 않아 잘 된 일이라고 생각했다. 아니면 내가 괜한 걱정을 하고 있는 거라며 스스로를 다독거렸다. 그래도 가끔 한 마리씩 찾아와 웅크리고 앉아 있었다.

턱시도의 죽음이 일주일도 지나지 않은 날이었다. 날씨는 급격하게 추워졌고, 여느 때와 다름없이 샤워를 위하여 온수를 틀러 보일러실로 향했다. 고양이들이 잘 찾아오지 않아도, 습관처럼 고양이 집을 확인하였다. 역시 아무도 없었다. 그런데 고개를 돌리는 순간, 뭔가 눈에서 스쳐지나갔다. 설마 하는 마음으로 의자 밑을 보는데, 고등어 무늬를 가진 고양이 한 마리가 죽어 있었다. 차가운 시멘트 바닥 위에 가지런히 누워 굳어져 있었다. 참아 왔던 눈물이 터져 나왔다.

"추운데 왜 밖에서 죽은 거야. 박스 안에서 따뜻하게 죽지. 왜 차가운 시멘트 바닥에서 죽고 난리야."

지켜주지 못한 미안함에 엉엉 소리 내며 울었다. 소매로 두 눈을 가린 채, 우두커니 서서 울기만 하였다. 같은 말만 반복할 수밖에 없었다.

51. 오아시스 신기루

　하루가 멀다 하고 울기만 하였다. 고양이 두 마리가 내 눈앞에서 죽었다는 사실이 믿을 수가 없었다. 낮에는 사람들을 만나 일을 하며 아무 일도 없었다는 듯 웃으면서 지냈지만, 밤이 되면 밀려오는 공허함을 주체할 수 없었다. 사람들에게 힘들어 하는 모습, 약한 모습을 보이고 싶지 않아, 참아왔던 감정들이 홀로 있는 밤이면 한꺼번에 터져 나왔다. 눈에도 보이지 않는 바이러스로 연달아 고양이 두 마리를 잃어버리게 되니, 인생이 허무하게 느껴졌다.

　어쩌면 고양이의 죽음은 표면적인 이유에 불과했다. 내 안에서 나를 붙잡아주던 믿음이 순식간에 무너져 내렸기 때문이었다. 악착같이 버텨내어도 얻을 수 있는 것은 없다는 생각이 들었다. 나에게는 죽음만 보였다.

　대자연 앞에서는 우리는 한없이 초라해지고 약해진다. 제 아무리 잘났다고 뽐내어도 자연의 순리 앞에서는 힘 한 번 제대로 써보지 못하고 쓰러져 버린다. 수천 년 동안 애지중지 보살피던 살아온 흔적들도 지진, 쓰나미, 태풍 한 번이면 순식간에 무너져 내린다. 인간은 나약하고, 거대한 우주 속에서 무의미하였다. 삶은 허망하였다. 광활한 사막 한 가운데에서 지독한 고독이 만들어낸 오아시스 신기루처럼, 결국은 아무 것도 없었다. 공허했다.

52. 술

아무리 힘들어도 절대 술은 마시지 않는다. 사회생활을 시작하고 난 후, 지키고 있는 기본적인 규칙 중 하나였다. 선천적으로 술을 잘 마시지 못하는 것도 있고, 술에 취한 느낌을 싫어하는 것도 있었다. 술을 아무리 많이 마시고 익숙해지려고 노력하여도, 술이 풍기는 맛과 향에 결코 친해질 수 없었다. 만약 술에 대한 거부감이 없었더라면 죽음 앞에서 허무하게 사라지는 삶을 바라보며 술에 찌들어 지낼 것이 분명하였다. 술에 의지한 채 하루하루를 망가지며 주어진 시간들을 포기했을 수도 있었다.

대학시절엔 술을 잘 마시고 싶었다. 술에 대한 환상이 있었다. 영화에서 남자 주인공을 유혹하며 소주잔을 한 번에 들이키는 여자 주인공, 드라마에서 여자 주인공이 주어진 상황이 너무 힘들어 상처를 받으면 친구들과 자연스럽게 기울이는 술잔, 치열한 경쟁 속에서 끝없이 계산해야 하는 관계 속에서 서로의 속마음을 터놓고 이야기하기 위하여 부딪히는 술잔, 대한민국 사회에서 술을 마시지 못하는 사람이 비집고 들어갈 자리는 없어 보였다. 연예인들이 소주 두세 병은 기본처럼 말하는 주량이 부러

왔다. 세상을 제대로 보지 못했던 나에게 한국 사회에서 살아남기 위해서는 술은 필수적인 요소였고, 강하다는 말이 술이 세다는 말처럼 들렸다. 자연스럽게 술을 잘 마시는 사람을 동경하였다. 하지만 직접 사회에 나와 보게 된 술의 진짜 모습은 나약함, 그 자체였다. 술은 결코 어려운 상황을 버텨내거나 해결하는 데 도움이 되지 않았다. 사람을 더욱 더 나태하게 하고, 약하게 만들 뿐이었다.

한국에 와서 처음 일하던 곳에서 만났던 상사가 있다. 그는 베이비붐 세대였으며, 경제 위기가 오기 전까지는 교육 사업을 크게 했다. 자신만의 사업 철학을 가지고, 철저한 직업의식으로 일하기를 강조하였다. 실제로 그에게서 영어를 배우고, 강남 쪽에서 영어 강사로 대박을 터트린 사람도 있었으니, 그가 나에게 허세처럼 했던 말은 전부 거짓말이 아니었던 셈이었다. 하지만 불행히도 그의 왕년은 지속되지 못하였고, 현재는 비참했다. 그는 입으로만 꿈을 위해서 목숨 걸고 싸운다며 떠벌였다. 그를 버티게 하는 것은 꿈이 아니라 술과 담배뿐이었다. 맨 정신으로는 현재의 자신을 받아들이지 못한 채, 입만 열면 15년 전에 잘나가던 시절 이야기만 하였다. 세상이 변하는 것, 자신이 실수한 것들을 받아들이지 못하였고, 술에 취하여 다른 사람들에게 모든 이유를 돌렸다. 자신은 꿈이 있으며 죽기 살기로 달려들기 때문에 언젠가는 꿈을 이루어 엄청난 돈을 끌어 모을 것이라고 믿었지만, 그것은 착각이었다. 그는 언제나 불만을 쏟았는데, 특히 내가 다양한 책을 읽으며 새로운 시도를 하여 문제점을 보완하려고 할 때면 담배를 뻐끔뻐끔 피우며 술에 취해 한 마디 하였다.

"지랄을 떨고 자빠졌어, 아주."

그는 오직 그의 인생만이 옳았고, 그의 방법만이 정답이라고 믿었다. 시대가 변해가는 것은 무시한 채 15년 전 자신이 성공했던 방법만이 오직 옳은 길이라고 믿었다. 그리고 사업을 재개할 수 있을 것이라고 믿었다. 현실은 냉정했고, 그의 상상대로 흘러가지 않았다. 기회는 쉽게 찾아오지 않았다. 온전한 정신으로 현실의 무너진 자신을 볼 수 없었는지 술을 물처럼 마셔댔다. 이겨내야만 다음 단계로 넘어갈 수 있었지만, 그는 자신이 버텨야만 하는 삶의 무게를 전혀 감당해내지 못하였다.

만약 삶이 힘들어진다고, 주어진 아픔이 크다고 술을 마시게 되면 나 역시도 술에 의지하게 될 것만 같았다. 그러면 나도 그와 같은 길을 가게 되는 것이었다. 꿈이 있으니 모든 게 괜찮다며 자신을 위로하기만 하는 삶, 목숨 걸고 한다고 하지만 제대로 노력하지 않는 인생, 허탈한 인생이 될 것만 같았다. 아무리 아프고 힘들더라도 멀쩡한 정신으로 눈앞에 벌어진 현실을 똑바로 보고 버틴 사람에게만 그 다음이 주어졌기에, 어쩌면 술을 마시지 못하는 것은 나에게 크나큰 축복이었다.

53. 성경

어두운 밤, 집에 돌아와 불도 켜지 않고 울었다. 이렇게 울다가는 정신이 나가버릴 것만 같았다. 이제는 더 이상 울 수만은 없었다. 정신을 차려야만 했다. 불을 켜고 성경을 폈다.

아빠가 신학 대학을 다니기 시작한 후, 교회를 다니기 시작하였다. 어릴 때에는 교회를 열심히 다녔다. 친구들도 만나고 선물도 받는 재미에 즐겁게 교회를 다녔다. 미국에서 유학을 할 때까지만 해도 성실하게 교회 생활을 하였다. 힘들고 지치는 시간들이 찾아오면 신에게 나아가 이야기하고 의지하면 마음이 한결 가벼워졌다. 하지만 한국에 들어온 후, 얼마 지나지 않아 모든 신앙생활을 멈추었다. 일도, 사랑도, 하나같이 엉망인 삶을 마주하게 되니 신이 분명 나를 버렸다고 느낄 수밖에 없었다. 신이 나를 버리지 않고서야, 삶이 이렇게까지 바닥에 곤두박질칠 이유가 없다고 생각했다. 나에게는 아무것도 없었다.

교회는 나가지 않았지만 그래도 성경은 꾸준히 읽었다. 마치 자기계발서를 읽듯이 하루에 세 장씩 읽었다. 버려진 시간 속에서 성경마저 읽지 않는다면 한 줌의 희망도 찾을 수 없을 것만 같았다. 마지막 희망은 놓치고 싶지 않았다. 살아남고자 하는 집착이었고, 마지막 순간까지 인간답게 살아보고 싶은 소원이었다. 그러기에 정신을 차려야만 했다.

　마음이 진정될 때까지 성경을 읽었다. 잠도 자지 않고, 집에 들어오면 성경을 꺼내 읽기만 하였다. 성경을 읽으니 옛 생각들이 떠올랐다. 좋았던 기억부터 절망적이던 시간까지 하나씩 기억이 났다.

54. 통화

    26살이 막 시작하던 때였다. 1월 1일 새롭게 맞이하게 될 날들을 기대하며 지키지도 못할 다짐을 하였다. 새해가 된다고 해서 지속되던 삶들이 한 순간에 바뀌지는 않는다. 오히려 좋아질 거라는 막연한 기대감들은 더 쉽게 실망으로 바뀌었고, 상황은 점점 더 나빠져 갔다. 할 수 있는 것은 더 이상 없는 듯 보였다. 하염없이 눈물만 흘러내렸다. 마음을 다 잡고 일을 다시 시작하고자 길었던 머리도 단발로 잘라냈지만, 불안하여 흔들리는 마음은 갈피를 잡지 못하였다. 나는 어둠이 짙게 드리워진 길 위에서 아무것도 보이지 않는 시간들을 버텨내고 있었다. 이대로 있다가는 고시원 인생에서 절대 벗어나지 못하고 매일을 십 원 한 장에 전전긍긍하며 우울하게 생을 마감하게 될 것만 같았다. 조급해졌다. 젊은 날에 연애도 제대로 해보지 못하고, 친구들과 소중한 추억도 쌓지 못한 채, 누릴 수 있는 모든 것들을 포기하고 불확실한 미래에 나를 맡기고 싶지 않았다. 결단을 내리지 않으면 결혼도, 노후도, 모두 포기해야만 했다. 돈이 없기에 아름다운 나날들을 포기하고, 가진 자들의 노예로 살고 싶지 않았다. 그렇다고 삶을 포기할 수 없었다. 나를 포기할 수 없었다. 암흑처럼 깜깜한 현실에서 미래가 하나도 보이지 않자, 답답한 마음으로 엄마에게 전화를 걸었다.

"엄마."

"무슨 일이고?"

"엄마, 앞이 안 보인다. 미래가 없다. 어떻게 해야 할지 아무것 도 모르겠다."

"왜, 무슨 일 있나?"

"그냥, 이대로 있다가는 이렇게 죽을 것만 같다."

"괜찮다. 다 그럴 때가 있다."

"그래도."

"다 겪는 일이다. 그래도 살아가는 방법은 있더라. 다 지나갈 거다. 그리고 그 길은 스스로 찾는 거다."

"응. 알겠다."

엄마와 통화가 끝나자, 허무했다. 틀린 말은 없었다. 결국 시간 은 흘러 상황은 변하게 되어 있었다. 하지만 마치 원하는 대답을 듣지 못한 기분이었다. 약간 허탈했다. 버텨야지. 다 지나갈 거 다. 그런데 나는 엄마한테 무슨 말을 듣고 싶었던 거지. 나는 엄 마에게 해결책을 원했던 것 같다. 나의 문제를 내 힘으로 해쳐나 가는 것이 아니라 엄마가 대신 해결해주기를 원했던 것이다. 하 지만 엄마는 모든 과정이 인생에서 한 번쯤은 경험해야만 하는 문제로 대수롭지 않게 넘겨버렸다. 나는 스스로, 주어진 삶을 책임지고 결정을 내려야 했다. 주어진 문제에서 최선의 선택을 하며 버텼고, 시간은 흘렀다. 어둠은 힘을 잃어갔고, 너무나 절망적이어서 미래가 없다고 믿어야만 했던 시간들이 막을 내렸다. 새로운 시간이 시작되었다. 그렇게 나는 주어진 상황들을 버티며 살아가고 있었다.

이번에도 엄마에게 전화를 걸었다. 토요일 밤, 텔레비전을 보며 상기된 목소리로 엄마는 전화를 받았다.

"딸, 왜 전화했어?"

"아니, 그냥. 엄마는 뭐하는데?"

"텔레비전 본다. 완전 재미있다. 진짜 웃긴다."

"맞나?"

"응, 그런데 목소리가 왜 그렇노?"

"그냥, 있잖아."

"응. 무슨 일인데?"

"고양이가 죽었다."

"뭐라고?"

"우리 집 앞에 찾아와서, 내가 밥 주던 고양이 두 마리가 죽었다."

"그래, 안됐다."

"근데 너무 슬픈 거 있제."

"왜?"

"그렇잖아. 약한 존재잖아. 어떤 보호도 못 받고, 그렇게 죽어버리는 현실이 너무 슬프잖아."

나는 전화기를 붙잡고 오열하였다. 지금껏 터지지 못했던 감정이 한 번에 폭발해버렸다.

"그렇다고 뭘 그렇게 우노?"

엉엉 소리를 내며 우는 내가 이해가 되지 않는다는 듯 엄마는 이야기하였다.

"맞잖아. 말도 못하는 동물이 사람 때문에 도시에서 사는데, 사람들은 보호도 안 해주고, 괴롭히기만 하고, 죽이기나 하고, 너무 슬프잖아. 그런데 심지어 아프기도 하잖아. 현실이 너무 잔인하잖아. 고양이들은 약하니까, 사람들이 보호해야 하는데, 전혀 안 그러잖아. 약자는 결코 보호받지 못하는 거잖아."

감정에 북받친 나의 말은 전혀 앞뒤가 맞지 않았다. 그냥 떠오르는 대로 뱉어냈다.

"야야, 야야. 정신 차려라. 사람들이 더 불쌍하다. 고양이한테 쓸 돈 있으면 사람들이나 돕지. 화장시키고 뭐 한다고 40만원이나 쓰고 뭐하는 거고. 엄마한테 그 돈을 쓰던지."

엄마는 동물에게 연민을 가지는 내가 한심하다는 듯 혀를 차며 말했다.

"엄마는 모른다. 끊어라. 난 더 울 거다."

"그러시든지."

괜히 통화를 한 기분이었다. 괜히 엄마에게 말하여서, 기분만 상하였다. 혼자가 된 기분이 들었다. 익숙했다. 이해받지 못하는 기분, 받아들여지지 못하는 기분, 처음 신이 나를 버렸다고 느꼈던 순간의 기분이었다.

55. 기도

　기댈 곳이 없었다. 누군가에게 호소하고 싶었지만, 아무도 없었다. 신을 찾아 나섰다. 다시 기도하기 시작했다.

　하느님, 진짜 나한테 왜 이래요? 나한테만 왜 이래요? 내가 그렇게 싫으세요. 다 가져가잖아요, 항상 다. 내가 가진 것들을 몽땅 다 가져가시잖아요. 왜 그래요, 진짜. 꼭 그렇게 가져가야만 해요? 고양이들은 왜 데리고 간 거예요? 내 옆에서 누가 내 이야기를 들어주는 꼴을 못 보시겠어요? 너무하신 거 아니에요? 왜 맨날 나만 몰아세워요? 안 그래도 힘든데, 힘들어 죽겠는데. 지금 살아 숨 쉬는 것도 벅찬데, 왜 나한테만 이래요. 내 주변에는 아무도 없잖아요. 그런데 고양이들마저 데리고 가면 난 누구랑 말해요? 누구한테 내 이야기를 솔직하게 털어놓냐고요. 대답 한 번 해봐요. 한 번 해봐요. 들어나 보게. 하나라도 주셔야 내가 살 거 아니에요. 진짜 내가 죽기를 바라시는 거예요?

　천장을 보며 소리를 고래고래 질렀다. 흐르는 눈물로는 분이 풀리지 않았다. 팔, 다리를 있는 힘껏 침대에 내리 찍으며 뒹굴어 다녔다. 이내 지쳐 침대에 퍼질러 누웠다.

하느님, 진짜 왜 날 혼자 두세요? 외롭게, 혼자 두는 이유가 뭐예요? 아무도 없잖아요, 내 옆에는, 언제나.

너무 열정적으로 울었다. 흐느끼다 잠이 들었다.

56. 전화

전화벨이 울렸다. 얼마나 울었는지, 눈이 제대로 떠지지 않았다. 갈라진 목소리로 전화를 받았다.

"여보세요?"

"뭐하노?"

"누구세요?"

"누구기는, 내다. 법이."

"어, 법아. 무슨 일이고?"

"그냥, 상준이랑 만나서 중학교 때 이야기하다가 니 생각나서 전화했다. 뭐하고 있노?"

"내? 그냥 잤다."

"잘 사나?"

"내야 잘 살지. 니는?"

"우리는 뭐, 맨날 똑같다. 니 부산 안 내려오나?"

"내려가야지. 내려갈꺼다."

"그래, 빨리 내려온나. 얼굴 한 번 봐야지. 얼굴 까먹겠다."

"그래, 알았다."

"내려오면 연락 꼭 하고."

"당연하지."

"그래, 알았다."

"응."

중학교 친구의 전화였다. 전혀 예상하지 못했다. 서로의 삶이 바빠 오랫동안 연락하지 못하였지만, 마치 어제 만난 듯 편안했다. 신기했다. 아무도 나를 기억하지 못한다고 믿었는데, 친구로 생각하지 않는다고 믿었는데, 오랜만에 듣는 친구의 목소리로 안정감이 찾아왔다. 내가 정말 혼자였을까. 친구들 얼굴이 하나씩 떠올랐다. 승경이, 진아, 희영이, 수경이, 윤민이, 다영이, 지훈이, 율이, 정훈이, 동현이, 지원이, 현우, 끊임없이 웃는 얼굴들이 눈앞에 보였다. 혼자라고 느끼고 싶어, 우울한 감정을 즐기기 위하여, 그들을 생각하지 않은 것은 아닐까. 친구들에게 고맙고, 미안해졌다.

57. 추억들

 잊혔던 시간들을 한 번 둘러보고 싶어졌다. 그 때 그 시절, 얼굴이 그대로 남아 있는 곳에 가보았다. 싸이월드, 오랫동안 들어가 보지 않아 아이디도, 비밀번호도 잊어버렸다. 찾기 위하여 더 이상 쓰지 않는 이메일과 없어져버린 휴대폰 번호를 들추어내며 기억 속에 묻혀있던 추억들을 하나하나 파내려갔다. 잃어버린 시간들이 점차 그 모습을 드러냈고, 친구들과 미래에 대한 걱정 없이 학교 운동장이며, 산이며, 뛰어다니던 시간과 마주하였다. 그리워졌다. 이제는 다들 어른이 되어, 각자에게 주어진 삶의 무게를 버텨내며 살아가고 있었다. 그렇게 추억에 젖어들고 있었다.

 사진 하나가 눈길을 끌었다. 주황색 풍선이 공연장을 가득 채운 사진. '신화, 신화 창조, 그리고 11주년'이라는 제목으로 쓰인 짤막한 글이었다. 유학시절 힘들 때마다 보며 용기를 얻었던 사진이었다. 그들은 팬들에게 죽어서도 함께 할 것이라는 약속을 하였고, 그 약속을 지키기 위하여 대가를 치르며 포기를 모르고 싸워나갔다. 그리고 서로에게 자부심이 되며, 새로운 역사를 적어 내려가고 있었다. 그 시절들을 되돌아보며 어린 시절 마음속으로 했던 약속들이 떠올랐다. '성공해서 꼭 오빠들을 직접 만나러 가야지.' 웃음이 났다. 순수하게 사랑하는 것을 지키고자 하는 마음이 얼마나 강한 지, 다시 한 번 깨달았다.

나도 사랑하는 사람들의 자부심이 되고 싶었다. 자랑스러운 딸, 자랑스러운 친구, 자랑스러운 손녀. 나를 위하여, 사랑하는 사람들을 위하여, 사랑해주는 사람들을 위하여 더 좋은 날들을 만들어가고 싶었다. 그러기 위하여, 나 역시도 주어진 상황의 대가를 치르며, 포기하지 않고, 계속 싸워나가야만 했다. 좌절을 느끼고, 쓰러질 것만 같더라도 버텨내야만 했다. 끝까지 꼭 이겨내야만 했다. 정복하라. 네 글자가 심장을 다시 두근거리게 하였다. 뒤이어 고양이의 한 마디가 들렸다.

모든 변화는 지금 이 순간 일어나는 거야. 주어진 일상을 제대로 살아갈 때, 그 다음이 일어나는 거라고.

58. 재회

길고양이들과의 꿈만 같았던 시간들이 모두 지나갔다. 얼마나 시간이 흘렀는지 정확하게 기억하지 못할 만큼, 일상 속에서 빠져 살았다. 보통 드라마나 소설에서는 이렇게 큰 슬픔이 하나 지나가면 (어쩌면 나에게만 큰 슬픔일 수도 있지만), 인생은 완전히 변해버린다. 백마 탄 왕자님이 나타난다거나, 복권에 당첨이 된다거나, 꿈꾸던 일들이 순식간에 눈앞에 펼쳐지거나. 하지만 현실은 전혀 그렇지 않았다. 그 때와 크게 변한 것은 없었다. 아침에 눈을 떠서, 밥을 먹고, 책을 읽고, 씻고, 출근하고, 일하고, 퇴근하고, 밥을 먹고, 방 청소 하고, 글을 쓰다가 잠이 든다. 여전히 모든 것들은 무심하게 아무렇지 않은 듯 내 옆을 잠시 머무르다 떠나버린다. 변화의 기미조차 보이지 않는 반복적인 일상 속에서 꿈을 믿으며 버티고 있다.

그렇다고 전혀 변하지 않은 것은 아니다. 아주 작지만 나에게는 매우 큰 변화가 생겼다. 작고 어두운 방에 홀로 화난 듯 키보드를 두드리던 내 옆에 고양이 한 마리가 장난치고 있다. 날개. 영등포 번화가 뒷골목에서 구조된 새끼 고양이다. 보호소에서 자신이 곧 죽임을 당할 것이라는 사실을 알지 못한 채, 뿜어져 나오는 생명의 힘으로 이리저리 뛰어다니다 나에게로 선물처럼 오게 되었다. 함께 놀던 친구들은 모두 이 세상을 떠나버렸지만, 날개는 지금 내 옆에서 일상의 행복과 생명의 강인함을 보여주고 있다.

날개로 인하여 외롭기만 하였던 퇴근길은 즐거움으로 변하였다. 똥 치우는 일도, 털 때문에 방을 매일 쓸고 닦아야만 하는 일도, 알레르기 때문에 약을 먹는 일도, 면역력을 기르기 위해 밥을 직접 해먹는 일도, 번거롭고 귀찮은 일이었지만, 행복했다. 날개는 어두운 집으로 작은 빛 한 줄기를 들고 들어왔다.

한국 역사상 최고의 한파라 불리며, 연신 기록을 갈아치우던 추위가 끝이 났다. 이제 곧 입춘이 다가온다. 집에서 나를 기다리고 있을 날개를 한시라도 더 빨리 보기 위해 총총거리며 걸었다. 골목에 들어서자, 저 멀리서 낯익은 뒷모습이 보였다. 분명 덩치는 많이 커졌지만, 고등어였다. 단번에 알아 볼 수 있었다. 두 마리가 죽고 나서, 한 번도 모습을 보이지 않던 고등어였다. 발뒤꿈치를 들고, 살금살금 뒤를 밟았다. 하지만 예민한 고양이는 머지않아 인기척을 느끼며 차 밑으로 숨어버렸다. 나를 알아보지 못하는 것에 대한 서운함도, 숨어버린 것에 대한 섭섭함도 없이 그저 고마웠다. 전염성을 가진 90퍼센트 이상의 치사율을 보이는 바이러스였기에 당연히 옮았으며, 어디선가 죽었을 것이라고 생각했었다. 아니, 바이러스가 아니라고 하더라도 일주일 이상 지속된 한파에 얼어 죽었을 것이라고 생각했다. 막연히 죽음을 생각했던 내가 미안해졌다. 함께 붙어 다니던 형제들은 모두 바이러스로 세상을 떠났지만, 마지막 아이는 끝까지 살아남은 것이었다. 두 번째 아이를 화장하면서, 마지막 아이는 기억 속에서 잊어 버렸다. 하지만 고양이는 마지막까지 포기하지 않고, 살아남아 주었다. 자신에게 주어진 시간을 충실하게 버텼다.

다른 길고양이들을 만나게 되면 줄 생각으로 들고 다니던 고양이 전용 연어 캔을 꺼냈다. 부스럭 거리는 소리에 놀라 움찔거렸지만, 이내 연어 냄새를 맡고 슬그머니 차 밑에서 나왔다. 드디어 재회를 하였다.

59. 성장

인생의 거대한 폭풍이 하나 지나갔다. 정신없이 몰아치던 시간 속에서 나는 끝까지 버텨냈고, 살아남았다. 마음 깊이 품었던 꿈을 포기하지 않고, 내 안의 연약함과 대면하며 성장하였다. 아직 어른이 되기에 갈 길이 많이 남았지만, 마지막 순간까지 선물처럼 주어진 오늘을 정복하며 살아갈 것이다. 그러면 기회는 올 것이며, 또 삶은 완전히 다른 모습으로 바뀌게 될 테니 말이다.

이번 주 일요일, 고양이 죽음 앞에서 우는 나에게 쓸데없이 돈을 쓴다며 타박만 했던 엄마가 새끼 고양이 두 마리를 입양하러 간다. 매일 길고양이 동영상을 보며 눈물을 흘리고, 나보다 고양이들에게 더 많은 관심과 돈을 쏟는다. 분명 나에게 고양이 때문에 운다고 한심하다고 했었는데, 이래서 인생은 살아봐야만 안다는 게 아닐까.

버텼던 시간들에 대하여

오랜 기다림 끝에 첫 이야기가 세상에 나온다. 작가의 말을 쓰는 지금 이 순간까지도 믿어지지 않는다. 마무리를 어떻게 하면 좋을지 고민하며, 되돌아본 지나간 시간들은 버티는 순간들이었다.

작가라는 꿈을 가슴에 품고 내린 수많은 선택은 때로는 후회로, 때로는 아픔으로 돌아오기는 하였지만, 끝없이 느껴지는 좌절감과 의심 속에서 나를 여기까지 이끌어 온 것은 꿈이었다. 자신의 이야기를 책으로 만들고, 독자들과 소통하며 살아가는 작가들을 보며 부러워하기도 하고, 질투하기도 했다. 일을 한다는 이유로 글을 꾸준히 쓰지 않던 나를 질책하기도 하고, 희망이 보이지 않던 순간들 속에서 모든 것을 포기하겠다고 울기도 하였지만, 꿈은 현실이 될 것이라는 사실을 믿었고, 매 순간 진실하게 나와 마주하여 성장하기 위하여 버텼다. 분명 이 시간, 가장 아픈 20대를 지나면 서른은 성숙한 '나'와 발전된 미래를 맞이할 것이라고 믿고 버텼다. 내가 흘려야 하는 눈물의 정량이 채워지면, 끝날 것이라고 믿었다.

그리고 서른을 맞이하는 1월, 꿈의 첫 결실이 맺힌다. 설렌다.

결과에 대한 걱정도 있지만, 이 순간을 맞이하는 나에게 감사한다. 마지막까지 꿈을 믿고 포기하지 않은 나에게 감사한다. 세상모든 사람들이 철이 없다며 포기하라고 말하는 순간에도, 나조차도 꿈을 의심하던 순간에도, 내 책을 기다리며 응원해준 부모님과 친구들에게 감사한다.

어떻게 살아야 하는지, 어디로 가야 하는지, 무엇을 해야 하는지, 고민하는 수많은 청춘에게 이 책을 바치고 싶다. 되돌아보면, 나를 가장 힘들게 했던 생각은 결국 세상에서 성장의 아픔을 홀로 겪어 내야만 한다는 생각이었다. 그 누구도 내가 겪는 아픔을 이해하지 못하며, 오히려 약점이 되거나 원색적인 비난을 받을 것이라는 생각이 가장 나를 힘들게 하였다. 치열한 경쟁 속에서 서로를 진실하게 사랑하지 못하도록 교육받은 우리는 함께 아파하고 이겨나갈 친구를 알아보지 못하고 있는 것은 아닐까. 이 책을 읽는 독자들은 결코 혼자가 아니라는 사실을 느꼈으면 좋겠다. 생명은 강하고 행복은 바로 옆에 있다. 가장 힘들고 모든 것을 포기하고 싶은 그 순간, 꿈을 향해 다시 일어나야만 하는 순간이다. 그리고 함께라면 일어날 수 있다.

2019년 1월 16일

주진주